Lorsque j'étais une œuvre d'art

Eric-Emmanuel Schmitt

Lorsque j'étais une œuvre d'art

ROMAN

Albin Michel

© Éditions Albin Michel S.A., 2002
22, rue Huyghens, 75014 Paris

www.albin-michel.fr

ISBN broché 2-226-10955-2
ISBN luxe 2-226-13510-3

J'AI toujours raté mes suicides.

J'ai toujours tout raté, pour être exact : ma vie comme mes suicides.

Ce qui est cruel, dans mon cas, c'est que je m'en rends compte. Nous sommes des milliers sur Terre à manquer de force, d'esprit, de beauté ou de chance, or ce qui fait ma malheureuse singularité, c'est que j'en suis conscient. Tous les dons m'auront été épargnés sauf la lucidité.

Rater ma vie, soit... mais rater mes suicides ! J'ai honte de moi. Incapable d'entrer dans la vie et pas fichu d'en sortir, je me suis inutile, je ne me dois rien. Il est temps d'insuffler un peu de volonté à mon destin. La vie, j'en ai hérité ; la mort, je me la donnerai !

Voilà ce que je me disais, ce matin-là, en regardant le précipice qui s'ouvrait sous mes pieds. Si loin que portaient mes yeux, ce n'était que ravins, crevasses, pointes rocheuses poignardant les arbustes, et, plus bas, un moutonnement d'eaux immense, furieux, chaotique, comme un défi à l'immobile. J'allais pouvoir gagner un peu d'estime de moi-même en me tuant. Jusqu'à ce jour, mon existence ne m'avait rien dû : j'avais été conçu par négligence, j'étais né par expulsion, j'avais grandi par programmation génétique, bref je m'étais subi. J'avais vingt ans et ces vingt ans aussi, je les avais subis. Par trois fois j'avais tenté de reprendre le contrôle et, par trois fois, les objets m'avaient trahi : la corde où je souhaitais me pendre avait rompu sous mon poids, les somnifères s'étaient révélés des pilules placebos et la bâche d'un camion qui passait m'avait reçu douillettement malgré cinq étages de chute. Ici, j'allais pouvoir m'épanouir, la quatrième fois serait la bonne.

La falaise de Palomba Sol était réputée pour ses suicides. Pointue, excessive, surplombant les flots rageurs de cent quatre-vingt-dix-neuf mètres, elle offrait aux corps qui s'y jetaient au moins trois occasions très sûres de devenir des cadavres : soit les excroissances pierreuses les embrochaient sur leurs pics, soit les récifs les

8

éclataient en mille morceaux, soit le choc de la réception sur l'eau les assommait en leur garantissant une noyade sans douleur. Depuis des millénaires, on ne s'y ratait pas. J'y venais donc plein d'espoir.

Je humai l'air avant de m'élancer.

Le suicide, c'est comme le parachutisme, le premier saut reste le meilleur. La répétition émousse les émotions, la récidive blase. Ce matin-là, je n'avais même plus peur. Il faisait un temps parfait. Ciel pur, vent violent. Le vide m'attirait comme deux bras ouverts. Tapie en dessous de moi, la mer léchait ses babines d'écume en m'attendant.

J'allais sauter.

Je me blâmai d'être si calme. Pourquoi réagir en dégoûté alors que cette fois-ci serait la bonne ? Du nerf ! De l'entrain ! De la violence ! De l'effroi ! Que mon dernier sentiment soit au moins un sentiment !

Rien à faire. Je demeurais indifférent et je continuais à me reprocher mon indifférence. Puis je me reprochai de me la reprocher. Ne mourrais-je pas pour mettre un terme aux reproches, justement ? Et pourquoi donnerais-je à la dernière minute une valeur à cette vie que je quitterais parce qu'elle ne valait rien ?

J'allais sauter.

Je m'accordai quelques secondes pour tenter de savourer le bonheur de cette certitude : en finir.

Je songeai à la facilité de tout cela, à la simplicité gracieuse de mes derniers instants. De la danse. J'allais impulser un petit élan à mes talons et...

– Donnez-moi vingt-quatre heures !

Une voix d'homme puissante, bien timbrée, venait de sortir du vent. Je n'y crus pas d'abord.

– Oui, donnez-moi vingt-quatre heures. Pas une de plus. A mon avis, ça suffira.

La voix m'obligea à me retourner pour vérifier qu'un corps en était à l'origine.

L'homme vêtu de blanc, assis sur un pliant de golf, les jambes croisées, les mains hérissées de bagues posées sur le pommeau d'une canne d'ivoire, me regardait de bas en haut comme on détaille un objet.

– Evidemment, il faudra que je fasse preuve d'imagination mais ça... n'est-ce pas...

Un petit rire acheva sa réflexion, un petit rire qui sonnait par hoquets, telle une toux sèche.

Ses fines moustaches se relevèrent en découvrant une rangée de dents qui lancèrent des éclairs de plusieurs couleurs dans le soleil.

Je m'approchai.

Des pierres précieuses étaient serties dans l'émail des canines et des incisives.

Lorsque j'arrivai à deux mètres de lui, comme s'il craignait que je les vole, il cessa de sourire.

Je m'arrêtai. La scène perdait son sens. Je ne savais plus pourquoi je m'étais interrompu, je n'avais même pas saisi le sens des mots, on m'avait dérangé. Je le lui dis avec brutalité :

— Laissez-moi tranquille. Je suis en train de me suicider.

— Oui, oui... j'avais remarqué... je vous proposais justement d'attendre vingt-quatre heures.

— Non.

— Pourtant ce n'est pas grand-chose, vingt-quatre heures...

— Non.

— Qu'est-ce que vingt-quatre heures, quand on a déjà raté sa vie ?

— Non ! Non ! Non ! Et non !

J'avais hurlé tant il m'exaspérait. Il se tut en tournant la tête, comme s'il était vexé par la violence de mon ton, comme si j'étais injuste. Il boudait.

Je haussai les épaules et regagnai le bord de la falaise. Je n'allais pas me gâcher ma mort pour un crétin qui avait enchâssé dans ses dents des pierres précieuses !

Je respirai une large rasade pour retrouver mon calme. En dessous, la mer me parut plus lointaine, les sauvages poussées d'eau contre le roc plus furieuses, les récifs plus pointus et les épées rocheuses plus nombreuses. Le vent devenait une plainte qui m'agaçait les oreilles, une lamentation de vaincu.

Etait-il toujours là ?

Allons ! Je n'avais même pas à m'en préoccuper. J'accomplissais l'acte le plus important et le plus digne de mon existence. Rien ne devait m'en distraire.

Oui mais était-il toujours là ?

Je jetai un œil en arrière : il jouait avec application celui qui ne voulait pas déranger, la tête ailleurs, assis, trop élégant, trop paisible, comme s'il écoutait un concert du dimanche après-midi au kiosque du parc Florida.

Je décidai de l'ignorer et me concentrai de nouveau sur mon saut.

Cependant je percevais un poids sur ma nuque. Il me regardait, oui, dès qu'il se savait hors de mon champ, il me fixait, j'en étais certain, je me sentais brûlé, retenu par ces deux prunelles noires derrière moi qui ne me lâchaient pas. Je n'étais plus seul ni tranquille.

Je pivotai, exaspéré.

– Je me suicide, je ne me donne pas en spectacle !

– J'observais les oiseaux.

– Non. Dès que je vous tourne le dos, je sens vos yeux.

– Une idée que vous vous faites.

– Partez.

– Pourquoi ?

– Incroyable ! Vous n'avez pas à vous occuper ailleurs ?

Nonchalamment, il consulta sa montre.

– Non, je ne déjeune que dans deux heures.

– Fichez le camp !

– La falaise est à tout le monde.

– Décampez ou je vous casse la gueule !

– Vous confondez : si vous êtes l'assassin, vous êtes aussi la victime.

– Je ne peux pas mourir dans des conditions pareilles !

Elle était bien loin, l'indifférence que j'éprouvais quelques instants auparavant, elle s'était envolée avec les mouettes, au large, et devait s'amuser, au-dessus des récifs, à se laisser porter, immobile, par le vent.

– Je veux être seul. Je veux que ce moment n'appartienne qu'à moi. Je veux être tranquille. Comment pouvez-vous rester à côté d'un homme qui va se fracasser sur les rochers ?

– Ça me passionne.

Il ajouta d'une voix très douce :

– Je viens souvent ici.

Ses prunelles se brouillèrent légèrement, des souvenirs passaient dans le ciel de son iris.

– J'ai vu beaucoup d'hommes et de femmes se suicider. Je ne suis jamais intervenu. Mais vous...

– Quoi ?

– J'ai très envie de vous retenir. Je suis conscient d'interrompre un plan, de vous importuner. Pourtant – et c'est curieux – moi qui ne prête aucune attention à mes contemporains, je ne souhaite pas que vous mettiez fin à vos jours.

– Pourquoi ?

– Parce que je vous comprends trop bien. Si j'étais à votre place, je sauterais. Si j'avais votre

physique, un physique si... décourageant, je sauterais. Si j'avais vingt ans comme vous les avez,
c'est-à-dire vingt ans sans fraîcheur, avec l'air déjà
avarié, je sauterais. Que savez-vous faire ? Avez-
vous un talent ? Une formation ?

— Non.

— Une ambition ?

— Non.

— Alors sautez.

J'allais riposter qu'il m'en empêchait, justement, lorsque je sentis qu'il valait mieux interrompre cette conversation.

Je marchai d'un pas ferme vers le précipice et
m'arrêtai tout aussi fermement sur le bord. Mes
pensées retenaient mes pieds au sol. Comment
l'homme aux bagues se permettait-il de me
juger ? Comment osait-il m'estimer bon pour la
casse ? Comment s'autorisait-il à m'ordonner de
sauter ? Je me retournai et criai dans sa direction :

— Je ne me suicide pas pour vous mais pour
moi.

Il se leva en dépliant un long corps mince et
vint se placer à côté de moi.

Le vent le faisait osciller d'avant en arrière.

— Vous êtes vraiment changeant. Quand je
vous propose de ne pas sauter, vous voulez sauter.

Et lorsque je vous propose de sauter, vous ne voulez plus. Faut-il toujours que vous contredisiez celui qui vous parle ?

— Ce que je fais ne concerne que moi. Ce que je refuse, c'est simplement d'envisager que vous êtes là. Partez.

— De toute façon, c'est trop tard, vous ne sauterez plus. Si l'on hésite au-delà de quatre minutes, on ne saute jamais. C'est prouvé. Or je vous observe depuis huit minutes déjà.

Il sourit et le soleil vint heurter avec violence les gemmes de ses dents. Ebloui, je dus battre des paupières.

Il me fixa avec gravité.

— Je ne vous demande que vingt-quatre heures. Donnez-les-moi. Si je n'arrive pas à vous convaincre de vivre, demain, ici, à la même heure, mon chauffeur vous ramènera et vous vous suiciderez.

Il fit un geste et j'aperçus sur la route une longue limousine crème dont sortit un chauffeur gainé de cuir noir qui fumait une cigarette en mirant l'horizon.

— Vingt-quatre heures ! Qu'est-ce que vingt-quatre heures si vous y gagnez l'envie de vivre ?

Je ne le comprenais pas. Ni la douceur ni la

bonté n'émanaient de cet homme qui, pourtant, désirait me sauver. Les philanthropes ont d'ordinaire un empressement, une vivacité, des rondeurs, une pupille naïve et humide au-dessus de bonnes joues couperosées, une autorité enjouée que je ne retrouvais pas chez lui. Je l'examinai de biais. Abrités sous des sourcils de broussailles enfumées, retranchés dans l'abri des orbites pour guetter sans être vu, surplombant un nez fin et recourbé en bec, ses yeux sombres semblaient jauger le monde à partir d'un nid d'aigle. Scrutant les cormorans comme on choisit ses proies, avec précision et dureté, il était objectivement beau mais cette beauté n'avait rien d'humain. Il était impérial.

Se sentant dévisagé, il se tourna vers moi et, par un effort de volonté, avec difficulté, sourit. Je vis ses lèvres s'ouvrir sur le rubis, l'émeraude, la topaze, l'opale, le diamant que je nommais mentalement. Cependant quel était cet éclat outremer, là, sur la canine gauche ?

– Dites-moi, votre pierre bleue, c'est du lapis-lazuli ?

Il eut un sursaut et referma son sourire. Ses prunelles perçantes me considérèrent avec pitié.

– Du lapis-lazuli ? Petit crétin ! Ce n'est pas du lapis-lazuli, c'est un saphir.

– J'accepte.

– Pardon ?

– Je vous donne mes vingt-quatre heures.

C'est ainsi que je fis connaissance de l'homme qui changea ma vie et que, dans ma naïveté, j'allais appeler pendant quelques mois mon Bienfaiteur.

La limousine nous emportait en silence.

Mon Bienfaiteur avait sorti d'une portière une bouteille de champagne, d'une autre des coupes et, assis sur les fauteuils de cuir brun, entêtés par une odeur d'ambre qui flottait dans le véhicule, déjà un peu ivres, nous buvions avec méthode. Je m'accrochais à cette activité car elle m'épargnait la conversation. De plus, j'étais émerveillé de siroter sur un sol en mouvement. D'ailleurs, si je n'avais eu confirmation que le paysage défilait derrière les vitres teintées, j'aurais juré que nous n'avions jamais démarré.

Nous nous arrêtâmes devant une grille hautaine, garnie de chèvrefeuille et d'écussons en fer forgé. Un portier l'ouvrit. Souple, silencieuse, la voiture s'engagea dans le domaine.

– Nous arrivons à l'Ombrilic.

– L'Ombrilic ?

– C'est le nom de ma demeure.

La route, bordée d'ifs taillés, s'enroulait autour d'une colline. Elle montait perpétuellement, comme si elle suivait le trajet d'une vis. Ce virage à gauche constant, entre les mêmes murs de mêmes feuillages sombres, m'écrasait contre la portière. J'étais oppressé. Cela virait au cauchemar. Le cœur me tombait sur la partie droite du corps. Je m'accrochais à la poignée. J'étais au bord du vomissement.

Mon Bienfaiteur me regarda et devina mon malaise.

– L'Ombrilic est au centre de la spirale, expliqua-t-il, comme si cela devait me soulager.

Enfin la voiture se décrispa, s'allongea et s'arrêta devant une vaste villa que je ne décrirai pas car elle était trop vaste. Je dirai simplement qu'elle incarnait au plus haut point ce qu'on pouvait entendre par luxe et extravagance. Des volées de marches partaient dans tous les sens à partir d'un vestibule rond à colonnes, dessinant des balcons différents en taille comme en hauteur, d'où s'enroulaient des rideaux qui s'élevaient ou descendaient en fumées tortueuses. D'immenses statues mi-hommes mi-animaux, dans des positions étranges, garnissaient ces paliers. Je suivis le majordome à travers des couloirs qui portaient, reproduites à l'infini, des photographies de mon hôte que seul un infime détail différenciait. Puis nous empruntâmes un escalier plus étroit où des toiles, peintes à gros traits, représentaient mon hôte en train de faire l'amour avec tous les animaux de la création, y compris un hippopotame et une licorne. A chaque fois, il était affublé d'un sexe dessiné comme un gros bâton large et rond, une sorte de matraque cramoisie, un objet de souffrance plus que de plaisir. Le majordome circulait, impassible, au milieu de ces scènes de rut, ainsi que les servantes et les serviteurs que nous croisions, et je me réglai sur eux pour adopter un comportement. Où étais-je tombé ?

Au dernier étage, le majordome me fit entrer dans un petit appartement dont la baie vitrée donnait sur la mer.

Suspendues à des tringles, des gouaches représentaient des coquillages et des escargots. J'en fus presque étonné, puis rassuré. En m'approchant, je m'aperçus qu'il s'agissait en réalité de femmes torturées et étirées. Décidément, une seule chose ne trouvait pas sa place sur les murs de cette demeure : la mesure.

Le majordome sortit, je m'allongeai sur le lit et, sans savoir pourquoi, je me mis à sangloter. Les larmes venaient toutes seules, et aussi les hoquets qui me rabattaient violemment sur la couverture. Je dus passer une bonne heure ainsi, secoué, terrassé, de plus en plus humide et de plus en plus morveux, subissant un chagrin inconnu, avant de comprendre que c'était le contraste entre ma volonté d'en finir et ma présence dans cette demeure somptueuse qui m'était, par son ampleur, insupportable.

– Allons, allons, si vous m'expliquiez un peu plus qui vous êtes.

Par où était-il entré ? Depuis combien de temps ? Assis au bord du lit, il se penchait vers moi avec un air ennuyé qui devait être de la compassion.

– A quoi bon ? répondis-je. C'est vous qui devez me donner envie de vivre.

– Ça, ne vous en souciez pas, ça viendra.

Il me tendit alors une coupe de champagne. D'où tirait-il ces bouteilles et ces verres qu'il

faisait apparaître avec des gestes de prestidigita-
teur ? Avide, je reçus le vin comme le chrétien
l'hostie. Au moins, saoul, je penserais moins.

– Alors, reprit-il, qui êtes-vous ?

– Connaissez-vous les frères Firelli ?

– Evidemment !

– Eh bien, je suis leur frère.

Il éclata de rire. Trouvant ma phrase très drôle,
il se laissa aller à des secousses d'hilarité. Son
amusement semblait d'autant plus cruel que ses
paupières se fermaient lorsqu'il s'esclaffait,
comme si plus rien n'existait, comme si la
moquerie pulvérisait tout, et moi d'abord ! J'étais
glacé.

Enfin, s'essuyant les yeux et me considérant
pour la première fois avec gentillesse, il reprit :

– Bon, soyons sérieux : qui êtes-vous ?

– Je viens de vous le dire. Il y a dix ans que
cela déclenche la même réaction. Je suis le frère
des frères Firelli et personne ne le croit. J'en ai
assez. C'est pour cela que je veux mourir.

Saisi, il se leva et me déchiffra avec intensité.

– C'est incroyable. Vous avez la même mère ?

– Oui.

– Et le même...

– Oui.

22

– C'est... Et vous êtes né après, pendant ou avant les frères Firelli ?

– Après. Ils sont mes aînés.

– C'est inconcevable !

A l'époque, sur l'île où nous vivions, personne ne pouvait ignorer qui étaient les frères Firelli. Journaux, posters, affiches, publicités, clips, films, les supports mercantiles achetaient à prix d'or la possibilité de montrer les frères Firelli. Le cas échéant, les ventes doublaient, le public accourait, les investisseurs voyaient l'or s'entasser dans leurs caisses : les frères Firelli étaient tout simplement les deux plus beaux garçons du monde.

Je ne souhaite à personne de cohabiter, dès l'enfance, avec la beauté. Entrevue rarement, la beauté illumine le monde. Côtoyée au quotidien, elle blesse, brûle et crée des plaies qui ne cicatrisent jamais.

Mes frères étaient beaux d'une beauté évidente, d'une beauté qui ne requiert aucune explication. L'éclat de leur peau avait quelque chose d'irréel : ils semblaient produire eux-mêmes la lumière. Leurs yeux avaient l'air d'avoir inventé la couleur, toutes les nuances de bleu s'y retrouvaient, du bleu azur au bleu marine, en passant par le bleu pervenche, le bleu ardoise, le cobalt, l'indigo et l'outremer. Leurs lèvres vermeilles, ciselées, offraient une rondeur pulpeuse qui appelait constamment à espérer un baiser. Leur nez avait des proportions parfaites que les narines palpitantes rendaient sensuelles. Grands, bien proportionnés, assez musclés pour qu'on devine leurs formes, pas trop pour rester élégants, ils n'avaient qu'à surgir pour capter les regards. Leur perfection était rehaussée par le fait qu'ils étaient deux. Deux absolument identiques.

Des jumeaux laids font rire. Des jumeaux beaux émerveillent. Cette gémellité donnait quelque chose de miraculeux à leur splendeur.

La force de la beauté, c'est de faire croire à ceux qui la côtoient qu'ils sont eux-mêmes devenus beaux. Mes frères gagnaient des millions en vendant cette illusion. On se les arrachait pour des soirées, des inaugurations, des émissions de télévision, des couvertures de magazines. Je ne pouvais blâmer les gens de tomber dans le piège de ce mirage, j'en avais été moi-même la première victime. Enfant, j'étais persuadé d'être aussi magnifique qu'eux.

Au moment où ils devinrent célèbres en exploitant commercialement leur physique, j'entrai au collège. Lorsque le premier professeur qui fit l'appel prononça mon nom, Firelli, les visages des élèves se tournèrent vers celui qui avait crié : « Présent. » La stupeur marqua les faces. Le professeur lui-même se posait la question. Je l'encourageai d'un sourire à débusquer la vérité.

– Etes-vous... êtes-vous... parent avec les frères Firelli ? demanda-t-il.

– Oui, je suis leur frère, annonçai-je avec fierté.

Un éclat de rire énorme secoua la classe. Même le professeur ricana quelques secondes avant de rappeler à la discipline et de réclamer le silence.

J'étais abasourdi. Quelque chose venait de se produire – et n'allait cesser de se reproduire – que je ne comprenais pas. Ne discernant plus du cours qu'un ronronnement dans une langue étrangère, j'attendis la récréation avec violence.

Je bondis aux toilettes et m'étudiai dans la glace. J'y aperçus un étranger. Un inconnu complet. Jusqu'alors j'y avais vu mes frères, car je n'avais pas douté une seconde, à les contempler constamment et en double, que je leur ressemblais. Ce jour-là, dans le miroir piqué au-dessus des lavabos moisis, je découvrais un visage fade sur un corps fade, un physique si dépourvu d'intérêt, de traits saillants ou de caractère que j'en éprouvai moi-même, sur-le-champ, de l'ennui. Le sentiment de ma médiocrité m'envahit comme une révélation. Je ne l'avais pas encore éprouvé ; depuis, il ne m'a pas quitté.

— Vous êtes un des frères Firelli ! répéta mon Bienfaiteur en se frottant le menton. Je comprends d'autant mieux votre désespoir.

Il remplit ma coupe de champagne et me montra toutes ses pierres précieuses.

— A votre santé, je suis charmé par notre rencontre. Elle répond à mes attentes encore plus que je ne l'imaginais. Trinquons.

Je laissai son verre heurter le mien car je commençais à être si éméché que j'aurais raté la cible.

— J'ai l'impression que vous ne m'avez pas reconnu, me dit-il d'un air agacé. Je me trompe ?

— Pourquoi... je... j'aurais dû ? Etes-vous célèbre ?

— Je suis Zeus-Peter Lama.

Il détourna modestement la tête, sûr de son effet. Malheur ! Le nom ne me disait rien et je pressentis que mon ignorance allait me causer des ennuis. J'eus l'idée qu'il fallait m'exclamer très vite : « Bien sûr ! » ou « Quel honneur ! » ou « Nom de Dieu, où avais-je donc la tête ! », bref quelque formule convenue qui m'aurait fait paraître moins sot et n'aurait pas vexé mon hôte. Or – effet de la boisson ? – je ne fus pas assez rapide et sa fureur me coiffa au poteau.

– Où avez-vous vécu, mon pauvre ami ? Non seulement vous n'avez pas de physique, mais vous n'avez pas d'intelligence !

Sa voix sifflait comme un fouet. Il me fixait avec dureté.

– Vous connaissez les frères Firelli et vous ne connaissez pas Zeus-Peter Lama ? Vous avez vraiment de l'avoine à la place du cerveau.

– Je les connais parce qu'ils sont mes frères et que ça m'a fait assez souffrir. Le reste du monde, je m'en fous.

– Vous n'allumez pas la télévision ? Vous n'ouvrez pas un journal ?

– Pour voir mes frères et ne pas me voir moi ? Non merci.

Il s'arrêta, frappé par ma défense. Je sentis que je devais me rendre encore un peu plus niais pour le calmer.

– Pourquoi croyez-vous que je veux me tuer ? Parce que je ne sais rien à rien. Neuf ans de déprime. Je ne m'intéresse à rien. Pas plus qu'on ne s'intéresse à ma personne. Peut-être que si j'avais su que vous existiez, je n'aurais pas voulu me tuer ?

L'énormité de ma flatterie ne parut pas l'assommer. Il s'apaisa et se rassit devant moi. Je le suppliai :

– Expliquez-moi qui vous êtes, monsieur. Et pardonnez mon ignorance, je devrais être au fond de l'eau mangé par les poissons, à l'heure qu'il est.

Il toussota et se croisa les jambes.

– C'est très gênant pour moi d'avoir à vous exposer qui je suis.

– Non, c'est gênant pour moi, monsieur.

– C'est gênant pour ma modestie. Parce que je suis Zeus-Peter Lama, le plus grand peintre et le plus grand sculpteur de notre temps.

Il se leva, but une gorgée, haussa les épaules et fixa ses yeux perçants sur moi.

– N'y allons pas par quatre chemins : je suis un génie. Je n'en serais pas un si je l'ignorais, d'ailleurs. Je me suis fait connaître à l'âge de quinze ans par mes peintures sur savon noir. A vingt ans, je sculptais la paille. A vingt-deux, j'ai coloré le Danube. A vingt-cinq, j'ai emballé la statue de la Liberté dans du papier tue-mouches. A trente ans, j'ai achevé ma première série de bustes en miel liquide. Après, tout s'est enchaîné... Je n'ai jamais ramé, mon jeune ami, jamais bouffé des nouilles ni de la vache enragée. J'ai toujours eu le cul dans le beurre, je suis connu et reconnu dans le monde entier, sauf par des cas psychiatriques comme vous, chacun de mes gestes vaut une fortune, le moindre gribouillis me rapporte le salaire à vie d'un professeur, je suis riche à crever mais pas près de crever pour autant. Bref, pour dire les choses en peu de mots, j'ai le génie, la gloire, la beauté et l'argent. Agaçant, non ?

Je ne savais quoi répondre. Il s'approcha et entrebâilla, sous sa moustache, sa vitrine de pierres précieuses.

– En plus, dans un lit, je suis un amant hors du commun.

J'étais convaincu et terrassé. Il s'affirmait d'une façon péremptoire qui ne laissait pas de prise à la contestation.

Il se rassit en face de moi.

– Alors, qu'en pensez-vous, mon jeune ami ?

– Je... je... je suis très honoré, monsieur Zeus-Peter Lama.

– Appelez-moi Zeus, tout simplement.

Le déjeuner fut servi sur une terrasse. Une trentaine de jeunes filles, sorties d'on ne sait où, papotaient bruyamment autour de la table en mosaïque. Les voix piquaient dans l'aigu, disparaissaient dans le grave, s'égrenaient en rires perlés, fusaient, sautaient, se chevauchaient, s'ébrouaient au-dessus des plats comme des saumons essayant de franchir un torrent. Aucune n'écoutait sa voisine, toutes parlaient en même temps. Après un temps d'accoutumance, je compris qu'elles ne péroraient et ne haussaient la voix que pour être entendues du maître de maison.

Celui-ci trônait au bout de la table. Il ne prêtait aucune attention aux efforts des trente jeunes filles. Il n'avait même pas un œil distrait pour l'une d'elles, ni une oreille pour une bribe de conversation ; il s'occupait à piocher dans ses fruits de mer.

Jamais je n'avais vu autant de belles filles. Peaux lisses, visages purs, grands cils, cheveux souples, toutes avaient des formes rondes et cependant graciles, des attaches fines et des gestes souples. L'été l'autorisant, elles étaient vêtues d'étoffes légères et je me restaurais entouré d'une

30

profusion d'épaules nues, de bras dorés, de nombrils apparents et de seins à peine soutenus par de lâches tissus. Au contraire de mon Bienfaiteur, je les détaillai les unes après les autres, j'essayai de capter leur curiosité, je tentai de m'immiscer dans leurs propos. L'expérience fut cruelle. J'eus le sentiment d'être soudain affecté d'invisibilité et de mutité : j'avais beau articuler et projeter mes mots, aucune ne les entendait ; j'avais beau me placer dans la trajectoire des regards, aucune ne me voyait. Lorsque j'avais pris place au milieu d'elles, j'avais craint un instant que l'état dans lequel me mettaient tant de femmes désirables ne se remarquât et ne provoquât leur hilarité. Au dessert, je pouvais être rassuré : un fantôme aphone et translucide aurait été plus remarqué que moi. Cela conforta ma décision : je retournerais le lendemain à Palomba Sol me jeter du haut de la falaise.

Au cours du déjeuner, je perçus une violence contenue autour de moi. Une guerre secrète opposait les jeunes femmes. Tendues, sur leurs gardes, elles se comportaient en rivales. Leurs efforts pathétiques pour attirer l'attention de Zeus-Peter Lama chargeaient leurs discours de vanités aberrantes, chacune décochant des flèches aux autres en s'auto-encensant naïvement. La lutte atteignit son paroxysme au café, comme si je ne sais quel arbitre allait siffler la fin du jeu.

En reposant sa soucoupe, Zeus-Peter Lama se leva et désigna l'une d'elles du doigt.

— Paola, viens donc prendre un digestif avec moi.

La grande brune se redressa, le menton triomphant. Les autres baissèrent la tête, la bouche déchirée par le dépit.

Lorsque le couple fut parti, elles ne prirent même pas la peine de poursuivre un semblant de discussion. Le silence s'installa à table, plombant nos gestes autant que la chaleur. Seuls quelques bruits de mastication nous distinguaient encore des statues.

Pensant que mon heure était enfin venue, je me penchai vers ma ravissante voisine.

— Alors, comme ça, vous êtes amie avec Zeus ?

Surprise, elle sursauta et me toisa une demi-seconde : elle sembla découvrir ma présence. Puis elle reporta son attention sur sa tasse vide et m'oublia.

Le silence prit solidement ses assises.

Je jetai un coup d'œil autour de moi. Tout avait changé. En partant mon Bienfaiteur avait arraché le voile des apparences. Les visages avaient perdu leur masque de jeunesse et de charme ; ils laissaient percer leurs tensions et j'y apercevais la haine, le mépris, l'ambition, le cynisme, l'avarice... Parce qu'elles n'avaient que vingt ans, ces vices n'étaient qu'une expression fugitive ; dans quelques années ils deviendraient des traits, soulignés par des rides ; dans quelques années ils peindraient la vérité ultime de ces faces que, pour l'heure, protégeait la jeunesse.

En quittant la table, je n'étais même plus sûr de les trouver belles.

Après sa sieste, Zeus-Peter Lama me fit appeler dans son atelier.

Trois des jeunes femmes posaient nues sur une estrade. Je détournai la tête, gêné, ayant l'impression d'être entré par effraction. Mais les modèles, bien trop occupés à maintenir des positions inconfortables et à guetter la première défaillance chez les autres, ne me prêtèrent pas plus d'attention que lors du déjeuner.

– Venez, dit Zeus-Peter Lama en me faisant signe de le rejoindre derrière le chevalet.

Je me plaçai à ses côtés. Me sentant le droit de comparer, donc de fixer les jeunes femmes, je faisais aller mes yeux de la toile qu'il peignait à la scène sur l'estrade qui l'inspirait. Mon cerveau s'épuisait dans ce voyage.

— Alors, qu'en pensez-vous ?

— Eh bien...

— Ça n'a aucun rapport, n'est-ce pas ?

— Euh... non.

Puisque Zeus-Peter Lama, qui paraissait extrêmement satisfait, l'avait dit avant moi, je pouvais l'avouer.

— Non, ça n'a aucun rapport...

Il y avait trois jeunes femmes nues sur l'estrade tandis que la toile présentait une tomate.

— Voyez-vous vraiment... ça ? lui demandai-je.

— Quoi ?

— Une tomate.

— Où voyez-vous une tomate ?

— Sur votre toile.

— Ce n'est pas une tomate, petit crétin, c'est du rouge matriciel !

Je me tus. Ignorant ce qu'était du rouge matriciel, je trouvai que la conversation s'engageait mal.

— Pourquoi, pauvre bouffon, supposez-vous

34

que je vais peindre ce que j'ai devant moi et que tout le monde voit ?

– Sinon pourquoi prendriez-vous des modèles ?

– Des modèles, ces trois morues ? Je me demande bien de quoi elles pourraient être le modèle !

Il cracha sur sa palette, agacé. La colère montait en lui. Pour se contenir, il marmonna :

– Des modèles ! Zeus-Peter Lama aurait besoin de modèles ! Autant retourner au Moyen Age ! Dites-moi que je cauchemarde...

Il balança ses instruments devant lui.

– C'est fini ! hurla-t-il aux femmes. Allez vous rhabiller !

En hâte, elles attrapèrent des bouts de tissu, se couvrirent et disparurent sans piper mot, craignant les foudres de Zeus.

Il me considéra de haut en bas. Une joie mauvaise flamba dans ses pupilles.

– C'est incroyable à quel point vous n'accrochez pas le regard. On dirait que vous n'avez pas de relief. Vous êtes plat.

– Je sais.

– On vous dirait peint sur une planche. Enfin,

quand je dis « peint »... En tout cas, pas peint par moi. Et la peinture s'est déjà effacée...

Quand il eut vérifié que ses remarques me faisaient souffrir, il éclata de rire et retrouva sa bonne humeur.

— N'avez-vous pas rêvé quelquefois d'être moche ?

— Si, souvent, répondis-je avec des larmes qui chatouillaient mes paupières. Ça serait déjà quelque chose.

Il me tapota l'épaule avec compassion.

— Evidemment. Après la beauté, c'est la laideur qu'il faut choisir. Sans hésiter. Si le moche n'attire pas d'emblée, il se fait remarquer, il provoque le commentaire, l'obscurité cesse, l'anonymat s'évanouit, la route s'ouvre – que dis-je, la route ? – l'autoroute ! Le moche ne peut que progresser. Il surprendra sans cesse. Il se montrera d'autant plus séducteur qu'il est moins séduisant. Il marivaudera d'autant mieux qu'il perd dès qu'il se tait. Il sera plus audacieux, plus rapide, plus amoureux, plus flatteur, plus enivré, plus généreux, bref, en un mot plus efficace. Les moches sont des amants délicieux. Les moches sont toujours vainqueurs en amour. D'ailleurs, il n'y a qu'à compter autour de soi le nombre de femmes superbes qui épousent des orangs-outans. Sans oublier les athlètes dignes de la statuaire grecque qui se mettent en ménage avec d'immondes boudins. Et je ne fais même pas intervenir ici le facteur de l'argent. La beauté est une malédiction qui n'engendre que la paresse et l'indolence. La laideur est une bénédiction qui appelle l'exception et peut transformer une vie en magnifique destin. N'avez-vous jamais pensé à vous défigurer ?

– J'y ai pensé... mais...

– Mais ?

– Je n'en ai pas eu le courage. J'ai préféré me suicider.

– Bien sûr, vous n'avez ni le cœur ni les couilles d'un moche. Vous n'avez que les hormones d'un ingrat. Vous n'êtes pas plus combatif qu'un veau.

Alors qu'il m'accablait, une onde de chaleur me parcourut. J'éprouvais un plaisir certain. Je me sentais compris pour la première fois. Je souhaitais qu'il continuât.

– Vous avez raison, monsieur Lama. Je ne sais que subir. J'aurais pu subir d'être beau, en revanche je ne peux subir d'être ingrat.

– En fait, mon jeune ami – surtout, dites-moi si je me trompe –, non seulement vous êtes dépourvu d'intérêt physique mais vous n'avez pas grand-chose dans le cerveau ?

– Exact !

Mon cœur débordait de gratitude. Les joues me brûlaient. Jamais je n'avais ressenti autant de sympathie de la part d'un interlocuteur. Je l'aurais presque embrassé.

– Donc, je résume : vous êtes fade, amorphe, vide et déprimé.

– C'est cela !

– Vous n'intéressez personne et personne ne vous intéresse !

– Tout à fait.

– Remplaçable ?

– Par n'importe qui.

– Tout le contraire de moi.

– Exactement, monsieur Lama.

– C'est le néant, en quelque sorte ?

– Oui, m'écriai-je avec enthousiasme. Je suis totalement nul.

Il sourit, me laissant généreusement contempler ses pierres précieuses. Il me tapota l'épaule avec gentillesse et conclut :

– Vous êtes l'homme qu'il me faut.

Malgré mes supplications, Zeus-Peter Lama refusa de me révéler ce qu'il attendait de moi.

– Plus tard... plus tard... nous avons jusqu'à demain matin, non ?

Zoltan, son chauffeur, l'emporta dans la longue limousine glissante et silencieuse sans que je pusse en savoir davantage. Mais peu importait ! Pour lui, j'avais de l'intérêt ! Pour lui qui vivait au milieu des plus séduisantes femmes et qui pouvait tout s'offrir avec son argent, je représentais quelque chose d'unique...

Parcourant les couloirs de l'Ombrilic, je me perdis en hypothèses. Peut-être voulait-il peindre la médiocrité ? Le cas échéant, j'étais le modèle parfait. Cependant il ne copiait jamais ce qu'il voyait ; et au vu de ses œuvres qui agrandissaient, torturaient, exagéraient la réalité quand elles ne choisissaient pas de l'ignorer, je ne pouvais l'imaginer choisissant un tel sujet. La fadeur indifférente n'appartenait ni à son art ni à ses fascinations.

« Vous êtes l'homme qu'il me faut. »

Pour la première fois de mon existence, je me trouvais doté d'une qualité précieuse. Pourtant, conforme à ma nullité, j'ignorais laquelle.

Je me traquai dans les miroirs. Qu'y voyait-il

que je ne voyais pas ? Je scrutai mes traits, je me penchai vers mon reflet, j'essayai de me surprendre, de m'enchanter. Rien à faire. Je finissais toujours par fixer dans la glace les meubles ou les tableaux qui m'entouraient et qui me paraissaient avoir plus de présence que moi. Un instant, la pensée de la tomate me revint et m'assombrit. S'il voyait une tomate – oh pardon, du rouge matriciel – dans les trois superbes femmes nues, quel légume avarié allais-je lui inspirer ?

« Vous êtes l'homme qu'il me faut. »

Le temps passe lentement lorsqu'on attend une réponse. Au lieu d'occuper mon impatience, les multiples ouvrages qui peuplaient cette maison m'agaçaient par leur profusion superflue.

A dix-neuf heures, mon Bienfaiteur rentra, et me demanda de le rejoindre.

Dans un salon isolé, il me présenta à un homme tout rond. Lunettes cerclées, les yeux en billes, la bouche en O, l'individu semblait avoir été conçu autour de son ventre : son corps était une boule terminée en haut par une tête chauve, en bas par deux pieds chaussés. Il était emballé plus qu'habillé dans des tissus de lin froissés et une ceinture en cuir bouclait le paquet. Cette lanière divisait exactement le tronc en deux, sans causer aucun bourrelet – ce qui était fascinant, vu la corpulence – et, plutôt qu'elle n'ajustait les vêtements à la taille, elle marquait l'endroit exact où les deux demi-sphères se rejoignaient, comme la trace extérieure d'une vis intérieure.

– Voici le docteur Fichet qui va vous examiner.

D'un ton sans réplique, le médecin me fit déshabiller. Après m'avoir ausculté, il testa mes réflexes, ma souplesse, il fit couler mon sang dans une dizaine de fioles puis il entreprit de me mesurer avec un mètre ruban souple ; il évalua tout, mon tour de cou, la taille de mes tibias, la largeur de mes épaules ; j'avais l'impression d'être chez un tailleur.

Son travail achevé, il rangea ses instruments avec beaucoup plus de soin qu'il n'en avait eu pour me manipuler, marmonna quelques mots à Zeus-Peter Lama et quitta la pièce sans même m'adresser un regard.

Lorsque nous fûmes seuls, je me rhabillai en demandant à Zeus-Peter Lama :

– Pourquoi me faites-vous examiner par un médecin ?

– Pour savoir si vous êtes en état d'accomplir ce que je projette.

– C'est-à-dire ?

– J'attendrai le résultat des analyses pour vous le dévoiler.

– Quand ?

– Ce soir.

Une lune idiote me fixait à travers la baie vitrée.

Je quittais le lit et je m'y recouchais sans cesse. Je ne savais plus quoi faire de moi. Avec une sorte d'amertume, je constatais que Zeus-Peter Lama avait déjà gagné son pari : je ne voulais plus me tuer, j'étais devenu dépendant, la curiosité m'avait remis sur le chemin de la vie, j'attendais une révélation. Car c'était bien une révélation que m'avait promise Zeus-Peter Lama. « Vous êtes l'homme qu'il me faut. » Une révélation sur moi-même.

A minuit, le domestique vint me chercher pour me conduire à la chambre de mon hôte.

Au milieu d'un lit rond, Zeus m'attendait en peignoir, affalé sur des coussins ventre-de-biche, coq-de-roche ou cuisse-de-nymphe émue, une coupe de champagne à la main droite, une cigarette à la main gauche. Mon Bienfaiteur ne fumait pas mais il aimait s'accompagner de fumée ; il gardait la tige au bout de ses doigts, ne la portait jamais à ses lèvres et ne la brûlait que pour s'entourer artistiquement de nuées bleues.

– Mon jeune ami, j'ai de bonnes nouvelles pour vous.

– Ah ? dis-je, la gorge sèche.

– Le docteur Fichet est satisfait. Il pense que vous convenez à notre affaire.

– Très bien.

Je me sentis rassuré, bien que je ne susse pas encore de quoi il s'agissait. J'avais craint que l'examen du médecin ne révélât à mon Bienfaiteur quelques nouvelles tares qui eussent refroidi son enthousiasme.

– Asseyez-vous près de moi. Je vais vous communiquer mon projet. Une cigarette ?

– Non. Ça m'irrite la gorge.

Il tiqua en fronçant les sourcils, surpris qu'une cigarette pût faire tousser, lui qui n'avait jamais eu l'idée d'avaler le tabac ni les volutes qu'il suscitait.

– Je vous en prie, je n'en peux plus d'attendre, monsieur Zeus-Peter Lama, racontez-moi votre idée.

On lutte longtemps contre les évidences et, parfois, les projets les plus fous nous séduisent immédiatement.

J'acceptai sans discuter la proposition de Zeus-Peter Lama.

— Tout de même, mon jeune ami, réfléchissez. Prenez le temps de changer plusieurs fois d'avis.

— Non. Je le veux. C'est ça ou je retourne à la falaise.

— Voulez-vous que Zoltan, mon chauffeur, vous y ramène ?

— Inutile. Je suis d'accord.

— Attendons jusqu'à demain matin. Songez à quoi cela vous engage. Songez aussi à quoi vous renoncez. Discutez-en avec moi, avec vous-même...

— Je ne veux pas délibérer : je suis d'accord !

La première étape fut l'organisation de ma mort. Enfin, de ma mort officielle.

Zeus-Peter Lama tint à ce que j'écrivisse une lettre à mes parents.

— Dites-leur adieu, dites-leur que votre suicide est une décision qui vous appartient et qui n'a rien à voir avec eux, que vous les remerciez de

leur tendresse, que vous en gardez plein pour
eux, qu'ils ne doivent pas avoir trop de peine,
les niaiseries habituelles... Au fait, les aimez-
vous ?

– Qui ?

– Vos parents.

– Les sentiments ne sont pas mon fort.

Je m'enfermai une matinée entière pour écrire
mes adieux au monde. Quelle ne fut pas ma
surprise en les rédigeant de me retrouver à pleurer de lourdes larmes. Alors que, depuis dix ans,
je ne voyais plus en mes parents que des géniteurs
inconséquents qui m'avaient joué le sale tour de
réussir mes frères et de me rater, alors que je me
refusais à leurs baisers, leurs effusions, leurs dis-
cussions, alors que j'estimais que mon père et
ma mère m'avaient trahi en me faisant tel que
j'étais, qu'ils n'étaient pas des parents dignes de
leur tâche, me revinrent par fusées tous les
moments d'avant... Avant la vision... Avant
l'apparition de mon physique ingrat au-dessus
des lavabos du collège... Une certitude désagréa-
ble me bouleversa, l'assurance que mon père et
ma mère m'aimaient depuis toujours, qu'ils
n'avaient pas cessé de me porter dans leur cœur
même quand je leur opposais ma froideur. Le

ravage que cette idée provoqua en moi me permit de choisir des mots justes.

— Bravo, mon jeune ami ! Je défie quiconque de lire cette lettre sans se mettre à pleurer, déclara Zeus-Peter Lama en la parcourant d'un œil qui demeura sec comme le désert.

Il plia la feuille et la glissa dans une enveloppe.

— Et mes frères ?

— Pardon ?

— Si j'écrivais une lettre à mes frères ?

— Est-ce utile ?

— Une lettre qui les hante toute leur vie et leur file mauvaise conscience...

— Ces chers frères Firelli ! Ça ne leur fera aucun effet, ils sont trop beaux. D'ailleurs ont-ils seulement une conscience ?

— Je ne sais pas. Si ça ne leur fait pas de mal, à moi cela fera du bien. Pour la vengeance. Rien que pour la vengeance.

— Comme vous voulez. Mais la plus belle revanche, mon jeune ami, reste ce que nous allons entamer ensuite...

Bien qu'il eût raison, je ne résistai pas à la volupté d'écrire un mot d'adieu culpabilisant à ceux qui m'avaient transformé en cafard.

Lorsque j'étais une œuvre d'art

Mes chers frères,

Vous aviez oublié depuis longtemps que vous aviez un cadet. Je vais vous aider à parfaire cette amnésie. Je choisis de disparaître. Pendant dix ans, j'ai attendu de vous des gestes qui ne sont pas venus, des paroles que vous n'avez pas prononcées. Pendant dix ans, vous avez gagné beaucoup d'argent en passant pour les deux plus beaux hommes du monde. J'espère qu'en vieillissant vous deviendrez plus attentifs aux autres et que vous réparerez chez vos enfants ce que vous avez détruit chez moi. Adieu, sans aucun regret.

Dans la joie de ne plus jamais vous voir, ni vous ni surtout la photographie des frères Firelli,

Votre frère néanmoins Firelli.

Il fut décidé que je me tuerais le lendemain matin, un lundi.

Dès l'aube, Zeus-Peter Lama se fit emmener en limousine pour poster mes lettres.

Lorsqu'il revint, il conduisait lui-même la voiture et me proposa de nous rendre à la falaise.

– Votre chauffeur ne vient pas avec nous ?

– Non. Personne d'autre que vous, moi et le docteur Fichet ne doit être au courant. Zoltan a pris son congé annuel ce matin et cela tombe bien. Il est parti en avion visiter sa famille dans son pays.

La voiture glissa jusqu'à deux kilomètres du précipice et s'arrêta sous les pins.

— Allez-y, dit-il en ouvrant la portière, et laissez le plus de traces possible. Je vous reprends là-haut dans une demi-heure.

Je finis le trajet à pied. J'enfonçai mes chaussures dans la terre boueuse afin d'y déposer des empreintes. En m'arrêtant à mi-parcours, je fis exprès de perdre un mouchoir avec mes initiales brodées. Arrivé au sommet, j'abandonnai mon sac à dos entre deux rochers.

Je contemplai cette falaise où, naguère, j'avais voulu mourir. Elle me semblait désormais composer un décor. Elle affichait tellement les signes du danger, parois escarpées, murailles hérissées de pointes coupantes, vide vertigineux, vents violents et tournants continuellement plaintifs, rapaces à l'affût, qu'elle en devenait presque risible. Elle m'apparaissait comme ayant été brossée à la hâte par quelque décorateur naïf qui aurait voulu trop bien faire.

Le klaxon m'appela, allègre.

Je rejoignis en hâte la limousine et m'engouffrai derrière les vitres teintées.

– Maintenant, vous devez rester enfermé dans votre chambre pendant au moins deux jours.

Le mercredi, mon Bienfaiteur me confirma que mes parents avaient lancé un avis de recherche après avoir reçu mes lettres. A dix heures du matin, il alla lui-même témoigner que, trois jours plus tôt, il lui avait semblé, en longeant l'à-pic en voiture, apercevoir une silhouette se jeter du haut des rochers, bien qu'il n'en fût pas certain. L'après-midi, la police l'appelait pour lui confirmer qu'elle avait retrouvé le sac à dos d'un désespéré. Le soir, la connexion avait été établie entre les investigations provoquées par l'inquiétude de mes parents et mes traces à Palomba Sol. On commençait à me croire mort.

Au milieu de la nuit, Zeus-Peter Lama entra dans ma chambre, drapé dans une soie écarlate, sa cigarette fumante volant d'une main à l'autre.

– Nous avons rendez-vous à la morgue.

Il était très agité. Comme je ne réagissais pas assez vite, il arracha ma couverture et alluma les lampes.

– Dépêchez-vous.

– Mais pourquoi ?... Ce n'était pas prévu...

— Une erreur ! J'ai manqué d'imagination. Je ne veux pas qu'on vous suppose disparu. Je veux qu'on vous voie mort. J'ai besoin de votre cadavre.

— Quoi ?

— Habillez-vous : je vous expliquerai en route.

Naturellement, il n'ajouta pas un mot pendant le voyage qui nous conduisit de l'Ombrilic à la ville.

Le Dr Fichet nous attendait dans la cour de la morgue sous la lumière anémique d'un réverbère d'Etat. Il sortit de son pantalon un épais trousseau de clés, nous intima l'ordre de nous taire puis nous fit pénétrer dans le bâtiment.

Deux odeurs se battaient avec âpreté dans les longs couloirs silencieux, une odeur de détergent à la fraise contre une odeur de décomposition. La fraise avait quelque chose de piquant, de tonique, qui ne parvenait pas à vaincre la fadeur puissante du formol mêlé aux chairs en putréfaction. Nous entrâmes dans un laboratoire couvert de paillasses en céramique où régnait un froid hostile.

— Nous allons vous maquiller en noyé, m'annonça Zeus-Peter Lama. Le docteur Fichet, qui est un médecin légiste, fera ça très bien

— Un noyé de trois jours ? Rien de plus simple, confirma le docteur Fichet. Ramollir les chairs, dépigmenter les lèvres, blanchir le teint, bleuir les veines, gonfler les paupières, raidir les cheveux avec du sel...

— Pourquoi ? m'écriai-je, plus effrayé par la perspective de me déshabiller dans cette pièce glaciale que par les opérations qu'il m'annonçait.

— Parce que je veux que vos parents viennent reconnaître votre corps ! Je veux qu'ils vous voient sortir d'un tiroir de chambre froide !

— Je ne peux pas faire ça. C'est trop. Je ne pourrais pas simuler la mort si ma mère se met à pleurer.

— Allons, mon jeune ami ! Je croyais que vous étiez décidé ?

— Je suis décidé, oui. Mais pas à jouer cette scène-là.

— Vous n'aurez pas à la jouer puisque vous dormirez.

Et, avant que j'aie eu le temps de comprendre, le docteur Fichet posa sur mon visage un linge mouillé qui me fit sombrer dans l'inconscience.

Que se passa-t-il autour de moi ? Combien de temps cela dura-t-il ? Quelles larmes, quels cris, quels effondrements mon sommeil m'épargna-t-il ? Je ne le saurai jamais.

Je revins à moi dans la douche de la morgue, tenu par Fichet et Zeus-Peter Lama qui me savonnaient à grande eau pour me démaquiller le corps.

Je n'avais pas retrouvé la parole. Il fallut le voyage de retour à l'Ombrilic pour que je me réveille tout à fait.

— Alors ? demandai-je, avec la sensation d'avoir une bouche en carton.

— Vous êtes mort et identifié. Vos parents ont été très dignes.

— Ah... Et mes frères ?

— Ils se sont contentés de sangloter à l'entrée de la morgue. Cela a provoqué un bel attroupement, d'ailleurs.

— Ils pleuraient ?

— C'est ainsi qu'on réagit dans ces cas-là, non ?

Il alluma deux cigarettes, une pour chaque main, les serra entre ses longs doigts et fit quelques gestes étudiés qui l'enveloppèrent de fumée.

— Venez avec moi. Vous avez besoin de faire un tour dans Matricia.

Je le suivis sans demander d'explications car, avec Zeus-Peter, le meilleur moyen d'obtenir une réponse était de ne pas poser de question.

Au troisième sous-sol de la maison, sous une lumière indécise qui suintait de coquilles nacrées, se trouvait un bassin rond aux bords doux et incurvés montés dans une matière élastique rose qui ressemblait à de la peau. Un liquide trouble y clapotait paisiblement.

– Plongeons dans Matricia.

Matricia était le nom qu'avait donné mon Bienfaiteur à sa piscine souterraine. L'eau laiteuse faisait trente-six degrés, la température intérieure du corps humain. Une étrange musique composée de halètements, de pulsations cardiaques et de rires féminins au plus profond de la gorge arrivait d'on ne sait où. Une odeur de foin coupé flottait dans l'air immobile.

Sitôt que j'entrai dans le bain, j'éprouvai un tel bien-être que je sombrai dans un sommeil heureux.

Je me réveillai épuisé, différent. Cet assoupissement avait opéré une rupture. Comme si j'étais passé par un sas qui me conduisait d'une partie de ma vie à une autre.

Mon Bienfaiteur, sorti de l'eau, se faisait masser par un athlète au corps rebondi, à la peau tendue par les muscles, dont l'anatomie pourtant typiquement virile était devenue féminine par excès de chair, absence de poils et douceur huilée de l'épiderme. Zeus, qui n'avait guère que des os à offrir à ces paumes puissantes, ronronnait néanmoins de satisfaction.

Sous la douche froide que nous prîmes ensuite, il me glissa à l'oreille :

– Et si nous allions à vos funérailles ?

Je n'oublierai jamais le jour de mon enterrement. J'y ai vu plus de monde que je n'en avais rencontré dans toute ma vie. Plus de mille personnes piétinaient dans le petit cimetière. Au-dehors, les services de sécurité avaient dû poser des barrières pour contenir les flots de badauds. Les caméras, les micros et les flashes surgissaient çà et là de la foule, témoignant de l'intérêt que portaient les médias à mes funérailles.

Lorsque, en sortant de la limousine de Zeus-Peter Lama sous ma perruque et mes lunettes fumées, je découvris cette grande cérémonie, je me demandai si je n'avais pas opéré un mauvais diagnostic sur mon existence : un garçon ingrat provoquerait-il un tel attroupement ? M'étais-je trompé ? Ces jeunes filles éplorées, ces journalistes avides de témoignages, cette gravité des notables, tout cela était pour moi, qui m'étais cru invisible...

— J'ai peut-être eu tort de mourir, dis-je à l'oreille de Zeus-Peter Lama.

Il sourit et aussitôt les flashes crépitèrent. Après un temps de pose décent, il me répondit à voix basse :

— Trop tard. Et sois patient. Tu n'es pas au bout de tes surprises.

Il tendit son carton d'invitation aux cerbères qui défendaient l'entrée et nous pénétrâmes dans le cimetière. Une chorale d'enfants — celle de mon ancien collège, perchée sur un mausolée — chantait des hymnes. Quatre registres ouverts sur une table attendaient des témoignages. Les gens s'y précipitaient avec dignité et écrivaient des messages de plusieurs lignes.

En passant, j'y jetai un coup d'œil. Je n'en crus pas mes yeux. « Il était encore plus beau que ses frères car il ne le savait pas. » « Comme les anges et les étoiles filantes, comme tout ce qui dispense la grâce, il n'est passé qu'un instant parmi nous. » « A notre petit prince. » « Je l'aimais d'amour et il ne m'a pas remarquée. Agathe. » « Par ta mort, tu resteras superbe et pour toujours inaccessible. Irène. » « Personne ne te remplacera dans nos cœurs. Christian. » Non seulement j'ignorais le nom des signataires mais à aucun moment je n'avais soupçonné qu'on pût former de telles pensées pour moi. J'étais bouleversé.

Jamais je n'ai autant douté de ma santé mentale que le jour de mon enterrement. Si des centaines d'inconnus ou de gens à peine connus de moi dont j'avais été certain de l'indifférence me regrettaient avec violence, mes parents, eux, dont j'aurais parié sur la douleur, semblaient les seuls à ne pas participer à la déploration universelle. Collés l'un contre l'autre, à l'écart, en retrait, ils semblaient hostiles aux manifestations de chagrin ; ils tendaient une main molle à celui qui leur présentait ses condoléances et évitaient le regard de celle qui se lançait dans un panégyrique.

Seuls mes frères se conduisaient comme je l'avais prévu. Isolés sur une estrade, entourés de réflecteurs de lumière, ils s'abandonnaient à une équipe de maquilleurs et discutaient avec leurs stylistes des nuances de noir qu'ils devaient porter pour les clichés.

Enfin le photographe cria soudain que la lumière était désormais idéale.

– Sur la tombe, vite, sur la tombe.

Mes frères, suivis de l'équipe technique, fendirent la foule pour se rendre près d'une dalle de marbre.

Je me faufilai vers eux : je voulais voir ma sépulture.

Ce que je découvris me sidéra.

S'il y avait bien mon nom, mes dates de naissance et de décès, il y avait aussi un portrait. Dessous, mes aînés avaient écrit : « A notre petit frère, qui était encore plus beau que nous. Regrets éternels. » Je reconnus la photographie : elle ne montrait pas mon visage mais celui d'un des jumeaux à l'âge de quinze ans.

Zeus-Peter Lama me tapota l'épaule et me tendit une liasse de journaux. Les couvertures déclinaient le même mensonge : « Le destin de l'aiglon foudroyé. Le plus jeune des Firelli, encore plus sublime que ses aînés, a souhaité rejoindre les anges auxquels il ressemblait tant. »

Je m'affalai contre la poitrine de Zeus-Peter Lama. Tout le monde crut, par contagion affective, que c'était de chagrin. Personne ne pouvait imaginer que je pleurais de rage.

— Les salauds ! Ils m'ont volé ma vie. Ils m'ont volé ma mort. Ils m'ont même volé mon image.

— Notre plus belle vengeance, c'est ce que nous allons faire maintenant, non ? répondit Zeus-Peter Lama.

Cette perspective me redonna du courage.

— Vous avez raison. Partons vite.

Je bousculai sans aucune gêne ces pantins qui, le sachant ou l'ignorant, pleuraient sur une escroquerie. Avant de franchir la grille du cimetière, je jetai un ultime coup d'œil à mes parents dont le comportement, soudain, m'apparut le seul digne.

— Pas de regret, me dit Zeus en me tirant par le bras. Au travail.

Ce fut mon dernier souvenir avant de quitter ce monde.

On avait dressé les tables du petit déjeuner sur la terrasse sud. Toutes les belles filles de l'Ombrilic s'étaient retrouvées pour se faire la gueule au-dessus de l'argenterie. En attendant le maître des lieux, elles feuilletaient les magazines qui commentaient mon enterrement. De biais, j'y jetai un œil. Sachant que je n'y figurais pas en tant que mort, j'étais curieux de savoir si j'y figurais en tant que vivant, sous ma perruque et mes lunettes noires ; effectivement, on apercevait Zeus-Peter Lama consoler mon dos ; il offrait aux paparazzi une grimace compatissante qui, en grand professionnel, lui permettait de dégager ses rangées de pierres précieuses et de justifier la publication du cliché. Une star de rock célèbre pour ses implants capillaires annonçait qu'il me consacrait une chanson, « Un ange est passé parmi nous », et un producteur de cinéma avait proposé à mes frères de tourner dans un film racontant l'histoire de notre famille ; ceux-ci, encore trop dévastés par le chagrin, demandaient un délai décent avant d'accepter.

Zeus-Peter Lama entra, s'empara d'une brioche et caressa le poignet de sa voisine de droite.

– Paola a été très gentille avec moi, cette nuit.

Il envoya un baiser à Paola qui, sitôt qu'elle l'eut reçu, se tourna, l'air crâne, vers ses congénères.

Puis Zeus-Peter Lama s'absorba dans la lecture de la presse et, pendant une demi-heure, Paola accumula les mésaventures : un grain de raisin l'éclaboussa en tombant dans son verre, une guêpe hargneuse se trouva malencontreusement sur un toast au miel qu'on lui tendit, le flacon de sucre se révéla être un flacon de sel lorsqu'elle en saupoudra sa salade de fruits et, pour finir, un pot de thé bouillant se renversa par hasard sur ses genoux. Les beautés faisaient payer à Paola la préférence du maître. En désignant l'héroïne de la nuit, Zeus avait aussi désigné la victime du jour.

Celui-ci, isolé derrière les volutes créatives de sa cigarette, n'avait rien remarqué. Il se leva et dit en passant près de moi :

— Viens. Nous allons t'installer.

Je suivis Zeus dans un rez-de-chaussée de l'aile droite.

— Tu resteras là le temps nécessaire.

Il me présenta un domestique en tablier blanc, le visage violemment couperosé.

— Titus empêchera quiconque d'approcher. C'est lui qui garde déjà ma femme.

— Vous avez une femme ?

— Naturellement. Voici ta chambre.

Il me fit entrer dans une salle qui semblait vide mais dont, après quelques secondes, le contenu m'apparut. C'était une pièce blanche aux meubles blancs, aux rideaux blancs, aux lampes blanches, au sol carrelé blanc, à la literie blanche. Baignant dans cette lumière immaculée, les formes ne se détachaient pas, les angles des objets disparaissaient et je m'y cognai plusieurs fois.

— Tu y seras bien, à l'écart. Tu sortiras quand nous aurons fini.

— D'accord.

— Fichet travaillera à côté.

— Quand commençons-nous ?

— Au plus vite. Je suis très impatient.

Je vérifiai avec les doigts qu'il y avait réellement un canapé puis, m'étant assuré de sa place, je m'assis dessus.

— Pourquoi n'ai-je pas rencontré votre femme ?

— Veux-tu la voir ? me demanda Zeus-Peter Lama. Titus, nous allons voir Madame.

Le domestique à la chair de jambon cuit nous conduisit à une pièce où se trouvaient pendues des combinaisons matelassées. Zeus-Peter Lama en enfila une, je me sentis obligé de faire de même. Titus nous ouvrit alors une porte épaisse, barrée comme celle d'une banque.

Nous pénétrâmes dans une chambre froide.

La lumière clinique des néons verdissait le sol et les murs. Zeus s'approcha d'un grand congélateur ouvert et, me désignant théâtralement l'intérieur, m'annonça :

— Je te présente ma femme.

En me penchant, je vis une jeune fille poudrée de givre allongée au fond de la boîte. Elle portait une simple robe de soie blanche, agrémentée de quelques bijoux élégants. En regardant mieux, j'entrevis que le visage, sous les cristaux de glace, était superbe de régularité et de noblesse.

— Quand est-elle morte ? demandai-je.

— Elle n'est pas morte du tout. Elle s'est volontairement mise en sommeil congelé.

Il réfléchit.

— Voyons, c'était il y a...

Il chercha un instant dans sa mémoire puis, découragé, consulta le compteur du réfrigérateur.

— Dix ans ! Eh oui, déjà...

Il s'étonnait sincèrement qu'autant de temps se soit écoulé. Elle ne devait pas lui manquer beaucoup.

— Croyez-vous qu'elle nous entende ?

— Penses-tu, mon jeune ami. Avant d'être congelée, elle n'écoutait déjà personne, il n'y a pas de raisons que ça se soit arrangé.

62

Il prit à partie les néons et s'exclama :

— Dix ans ! Pourtant, je me souviens de la cérémonie comme si c'était hier. Donatella était si heureuse de s'installer ici.

— Voulez-vous dire qu'elle est entrée de son plein gré dans ce congélateur ?

— Elle se trouvait si belle qu'elle avait décidé de se faire réfrigérer à l'âge de vingt-huit ans, avant que le temps ne l'entame. Elle était persuadée que la science finirait par trouver le moyen d'empêcher le vieillissement et elle a exigé par écrit qu'on la réchauffe alors. Même si cela devait prendre trente ou cinquante ans.

Il réfléchit à voix haute :

— J'ai beaucoup apprécié la netteté de son choix. Donatella n'a jamais accepté de compromission. Elle est entrée dans son lit de glace comme elle se serait allongée pour une séance de massage à l'institut d'esthétique.

Il sourit en se souvenant.

— C'était une très jolie fête : j'avais habillé les domestiques en pingouins ; nos amis, venus du monde entier, lui ont jeté des brassées d'edelweiss lorsqu'elle est montée dans le caisson où elle s'est endormie en écoutant des chants de baleines. Ça avait une certaine gueule, je dois dire.

– Personne ne peut survivre à une telle température. Ça a dû la faire mourir ! m'exclamai-je.

Il contempla pensivement son épouse.

– Les avis sont partagés. J'ai consulté des avocats et des experts. Les uns disent qu'elle est morte, les autres qu'elle hiberne. Il faudrait la réchauffer pour le savoir avec certitude. En revanche, ça risquerait de provoquer le décès. Personne ne veut prendre ce risque. Bref, le résultat est que, tant qu'elle demeure dans la glace, je ne peux pas me remarier.

– Vous le voudriez ?

– Mes relations avec Donatella se sont beaucoup refroidies. Et puis, me marier est une habitude que j'ai prise. Je crois que mon génie créateur a besoin de muses. Donatella était ma huitième épouse.

Il se gratta la tête.

– Elle est ma huitième épouse. Et elle le reste, puisque personne ne peut dire aujourd'hui si elle est morte ou vivante. Il faut attendre que la science progresse. Etrange, n'est-ce pas ? Je ne sais pas si je suis le veuf de Donatella ou si Donatella un jour sera ma veuve.

Nous sortîmes de la chambre froide. Je n'étais pas mécontent de retrouver une ambiance normale, fût-ce celle de ma pièce blanche aux meubles blancs.

Titus le jambon vint nous apprendre que Paola, au comble de la malchance ce jour-là, après un faux pas dans l'escalier, s'était cassé la jambe. Une ambulance l'emportait à l'hôpital. Zeus ne prêta aucune attention à cette nouvelle.

— Vous comprenez, mon jeune ami, les statisticiens prétendent qu'un mâle de notre île connaît, durant sa vie, cinquante-sept femmes et demie.

— Cinquante-sept femmes...

— ... et demie ! Eh oui, il faut avoir fait quinze ans de hautes études mathématiques pour avoir le droit de couper les femmes en deux. Naturellement, je suis très loin du compte. Je ne supporterais pas de rentrer dans une quelconque moyenne. Je suis au-dessus pour le nombre de femmes étreintes. Je suis bien au-dessus aussi pour le nombre de femmes épousées. Je le dois à l'idée que j'ai de moi.

— Pourquoi les épousez-vous ?

— Le tralala, mon jeune ami, le tralala ! Une femme ne vous respecte pas sans tralala. Il faut de l'église, de la gaze, des colombes, de l'orgue, des cadeaux, des belles-mères, des **d**ragées, des mouchoirs, des festins, des invités, sinon les femmes nous prennent pour ce que nous sommes, de simples acharnés sexuels. Sans la pompe du tralala, elles ne nous distingueraient pas d'un vulgaire amant.

Il m'apostropha, violent :

– Car je suis un mari, jeune homme, un mari ! Pas un amant ! Si l'on joue une pièce, je veux le rôle noble. C'est comme mari que je réalise mes potentialités auprès d'une femme. Je veux qu'elle me doive tout.

– Que sont devenues vos autres épouses ?

– Toutes mortes.

Soudain Zeus-Peter Lama s'approcha de la fenêtre et fronça les sourcils.

En contrebas, des jardiniers s'occupaient des colombes. Zeus poussa la vitre et se mit à hurler :

– Qu'est-ce que ce bleu ! Vous moquez-vous de moi ? Changez immédiatement ce bleu !

Je m'approchai à mon tour et constatai que les hommes étaient en train de peindre les oiseaux.

– Eclaircissez ce bleu. Je le veux presque mauve. Je vous avais montré un échantillon : pervenche de sous-bois au soleil. Ce n'est pas sorcier, tout de même ? Pervenche de sous-bois au soleil !

Je mourrais d'envie de lui demander pourquoi il teignait les plumes de ses colombes mais je me retins. Pour m'en remercier sans doute, il me répondit :

— C'est pour mon arc-en-ciel.

J'approuvai de la tête comme si j'avais compris puis je revins à ses épouses.

— Je vous plains d'avoir perdu vos femmes.

— Ah oui ? fit-il surpris. Tout le monde dit ça. Pourtant je ne l'ai pas vécu douloureusement. Chacun de ces décès a fait partie de chaque histoire. Comme une touche artistique. Une touche définitive. Une manière de clore le récit et de le transformer en légende. Je me félicite d'avoir trouvé des femmes qui savaient, avec éclat, aussi bien entrer dans ma vie qu'en sortir. Elles avaient le génie de la mise en scène. Et puis, crois-moi, il est plus agréable de se souvenir d'une morte que d'une vivante. J'ai été veuf sept fois comme j'ai été marié sept fois : avec bonheur !

Il s'assit sur un tabouret que je n'avais pas remarqué et plongea dans ses souvenirs.

— La première, Barbara, était une créature intensément mystique qui entretenait des rapport réguliers avec les morts en faisant tourner les tables ; un matin, elle m'a laissé un mot sur notre lit : « Je suis trop curieuse, il faut que j'aille voir, je ne peux plus résister », et elle s'est tuée. La deuxième, Rosa, de tempérament beaucoup moins spirituel, bâfrait si vite qu'elle s'est coupé la respiration avec une coquille d'huître. La troisième, Eva, un mannequin de mode, a fini comme tous ces gens-là étouffée par un grain de raisin après deux ans d'anorexie, un grain de raisin dont elle avait oublié d'enlever la peau. Lisabetta, la quatrième, souffrait d'émotivité chronique et son cœur s'est arrêté de terreur, un jour, devant la télévision, où une curieuse souris sadique poursuivait un pauvre chat extrêmement bien dessiné. La cinquième... Comment s'appelait la cinquième ?

— Vous ne vous rappelez pas le prénom de votre cinquième femme ?

Il me toisa comme si j'étais l'impertinence même.

— Jeune homme, je ne connais pas un seul mari qui, ayant eu huit épouses, se souvient spontanément du prénom de la cinquième !

Il prit le temps de chercher en s'allumant deux cigarettes. Une pour chaque main.

– Ah oui, Isabella... Une aristocrate, longue, blonde, érudite. Une fin tragique. Morte écrasée par une vache.

– Ecrasée par une vache ?

– Elle était au volant de sa décapotable sur une route de montagne. Au-dessus d'un virage, sur un surplomb, le poids d'une vache a fait céder le terrain. L'éboulement et l'animal sont tombés sur la voiture. Comment voulez-vous que je me souvienne aisément d'une épouse qui finit écrasée par une vache ? Quand on m'a prévenu, je n'y ai pas cru, j'ai eu un fou rire. Même le jour des funérailles, sa famille, ses amis, les enfants de chœur, l'église entière, y compris le curé, étaient secoués de gloussements nerveux.

Il poussa un soupir excédé et chassa ce souvenir.

– Estrella, la sixième, a eu la mauvaise idée d'absorber un somnifère avant de s'allonger sur sa table à bronzer : on l'a découverte sèche et brune, à l'état de momie. Et Pinta, la septième, a été étranglée par son amant qui était jaloux de moi parce qu'elle prononçait mon nom à l'instant de l'orgasme.

Il songea à la huitième et conclut :

– Maintenant, avec Donatella, je me retrouve

un peu coincé. D'ordinaire, je sors de mes mariages par le veuvage. Car je suis contre le divorce. De plus, essaie donc de faire signer un cube de glace !

— Vous n'avez jamais été surpris par toutes ces morts ?

Il accueillit ma question avec étonnement. J'insistai :

— Cela ne vous a pas semblé... étrange ?

— C'est la loi des séries. A partir du moment où je me marie en série, il est logique que je devienne veuf en série. Un mathématicien de cinq ans t'expliquerait ça.

— Cependant... les voir toutes partir avant vous, cela ne vous a jamais, ne serait-ce qu'une seconde, amené à vous sentir...

Je n'arrivais pas à prononcer devant mon Bienfaiteur le mot « coupable ». Avec bonne volonté, Zeus scrutait ma bouche ouverte, attendait le mot, essayant même de le deviner.

Je décidai de recommencer la phrase, pensant qu'emporté par mon élan j'arriverais à articuler « coupable ».

— Toutes ces mortes, cela ne vous a jamais amené, ne serait-ce qu'une seconde, à vous sentir...

Il me regardait avec attention, guettant toujours le mot. J'essayai encore.

– A vous sentir...

– Immortel ? Si, bien sûr. Comment penser autrement ?

Et il quitta ma chambre pour gagner son atelier.

– Repose-toi. Tu dois être en pleine forme. Je vais préparer des maquettes pour ce bon docteur Fichet et nous allons pouvoir passer aux choses sérieuses.

Cependant il s'arrêta sur le pas de la porte. Il pivota et me contempla en fronçant les sourcils.

– Est-ce que tu te rends compte que tout va être différent désormais ?

– Je l'espère.

– Que tu te remets entièrement entre mes mains ?

– Oui.

– Que tu deviens, à jamais, dépendant de moi ?

– Oui.

– Que tu cherches le sens de ton existence dans mon esprit, mon seul esprit ?

– Oui.

– Que tu deviens en quelque sorte ma propriété ?

– Oui.

– Pourrais-tu me l'écrire ?

Je me retrouvai plaqué sur le bureau, un stylo entre les doigts, Zeus-Peter Lama dans mon dos qui guidait mon bras et me soufflait le texte.

– Pourquoi voulez-vous que j'écrive ?

– Le papier a plus de mémoire que les hommes. Je crains qu'ensuite, dans l'euphorie, tu n'oublies ce que tu viens de me dire.

Je griffonnai les quelques phrases avec lenteur.

– Comment dois-je signer ? Je ne peux pas utiliser mon nom puisque je suis officiellement mort.

– Tu n'as qu'à signer MOI.

Je m'exécutai et lui rendis ma copie. Il la relut à voix haute :

– « Je me donne entièrement à Zeus-Peter Lama qui fera de moi ce qu'il désire. Sa volonté se substitue à la mienne en ce qui me concerne. Avec toute la force et la volonté qui me restent, je décide librement de devenir sa complète propriété. MOI. »

Après avoir caressé le billet comme s'il se fut

agi d'un animal vivant, il le glissa dans une poche et me fixa tel un python qui hypnotise sa proie.

— Je vois une chose magnifique en toi...

— Quoi donc ?

— Ton destin.

L'opération eut lieu une nuit de lune rousse. Elle dura douze heures.

Je ne sentis rien. En montant sur la civière, j'avais eu la sottise de redouter l'endormissement alors que ce fut le réveil qui se montra doulou-reux. Le feu. Je revins à moi-même dans le feu. Tout le corps me brûlait. Mes membres étaient livrés aux flammes et, en plus, on me donnait des coups. A peine revenu à moi-même, je me mis à hurler.

Zeus et le docteur Fichet me piquèrent à la morphine. Cela m'accorda un vague répit pen-dant lequel la douleur demeura supportable. Mes cris descendirent de la plainte au halètement.

Quelques heures plus tard, l'incendie reprit.

Ils piquèrent de nouveau.

Je crois que je passai la première semaine ainsi. Une chair en feu arrosée à la morphine.

La deuxième semaine fut moins douloureuse,

elle ne fut que fiévreuse. Je délirais. J'ouvrais à peine les yeux. Je tanguais. Les songes me ballottaient dans le lit comme les flots un bout de liège ; mes frères réalisaient mille mauvais tours sous l'œil de mes parents ; plusieurs fois ils me jetèrent même de l'acide prussique sur le visage parce que j'étais devenu beau ; je me réveillais en nage. Je n'avais plus une nette conscience du lieu où je me trouvais ; j'avais oublié que ma fenêtre donnait sur un colombier et les froissements d'ailes, les batteries d'envols, les roucoulements en coulées de vomis, tout ce remueménage se produisait, croyais-je, dans ma tête, sous mes bandages.

La troisième semaine, ma convalescence commença.

Zeus venait lui-même me soigner, nettoyant mes plaies, m'enduisant de pommades, renouvelant mes bandages. Avec ses précieuses mains d'artiste, il accomplissait les tâches les plus dégradantes. Il montrait une patience infinie. Il faut dire que, depuis l'opération, j'étais devenu sa passion.

— Incroyable !   Merveilleux !   Surprenant ! Inouï ! s'exclamait-il en me démaillotant et me talquant.

Chaque jour il s'émerveillait davantage devant moi. Sans nul doute, je tenais je ne sais quelle promesse. Il vantait l'harmonie, l'audace de ma personne. Cependant il me refusait encore le miroir. Plus que moi, il se réjouissait de mes cicatrisations, de la résorption de mes œdèmes, de la disparition de mes bleus. Lorsque je le voyais se régaler de mes progrès, je supposais qu'il souffrait autant de mes inflammations que moi-même. Il jubilait, il applaudissait, il exultait. J'avais le sentiment d'être une photographie qui apparaissait chaque jour un peu plus dans son bain révélateur.

– Tu es mon œuvre, mon chef-d'œuvre, mon triomphe !

Lorsqu'il me passait le baume cicatrisant à l'ortie parfumée d'arnica, il devenait lyrique.

– J'enfonce le monde entier. Je n'ai plus de concurrents. Je règne. Tu es ma bombe atomique. Plus rien, jamais, ne sera pareil après toi.

L'onguent me pénétrait. Une fraîcheur délicieuse me traversait. J'avais l'impression d'être rincé par l'eau d'une source. Il se délectait.

– J'enfonce même la Nature. Jusqu'à toi, je n'avais qu'elle comme rivale sérieuse. La Nature ! Cette fois, si maligne, si sournoise, si inventive, si futée soit-elle, elle est incapable de réaliser ce que je viens d'achever avec toi ! Recalée ! Inapte ! Pas assez d'extravagance.

— Suis-je beau ?

— Je t'ai créé pour embellir le monde.

— Suis-je beau ?

— Cesse ces banalités. Je n'ai pas voulu que tu sois beau, je t'en avais prévenu, j'ai voulu que tu sois unique, bizarre, singulier, différent ! Quelle réussite grisante ! Si tu te voyais, mon cher...

— Donnez-moi une glace.

— Pas encore. On n'entre pas dans l'atelier du peintre. Personne ! Pas même toi !

— A quoi est-ce que je ressemble ?

— Tu ne ressembles à rien de connu car l'art n'est pas imitation. Tu es mon geste. Tu es ma vérité.

Il brandit une photo de mes frères.

— La Nature, regarde ce à quoi elle arrive, la Nature, lorsqu'elle se dépasse : la beauté. Quelle misère ! C'est d'une banalité. Il n'y a rien de plus interchangeable que la beauté. Une rose, c'est beau. Dix roses, c'est cher. Cent roses, c'est ennuyeux. Mille roses, tu repères le truc, l'imposture éclate : la Nature n'a aucune imagination. Il m'est arrivé un jour de me trouver devant un champ de roses, oui, oui, un champ entier, des roses à perte de vue : c'est une épreuve épouvantable pour qui aurait gardé la moindre estime pour le talent d'artiste qu'on prête à la Nature. Nul ! De l'art industriel ! De la reproduction mécanique ! Tous les défauts se soulignent : la monotonie, la croyance en de vieilles recettes, la routine, l'incapacité totale à se renouveler. Regarde tes frères et suppose-les plus nombreux. Observe la pénurie de moyens : la peau rose, des lèvres rouges, l'iris bleu et les cheveux blonds... C'est confondant de médiocrité, pour un coloriste. Observe l'obsession maladroite de la symétrie : deux épaules, deux bras, deux mains, deux jambes, deux pieds... C'est d'une paresse totale, pour un sculpteur. Observe les pauvres échappées hors de la symétrie : le nez, la bouche, le nombril, le sexe, toujours au milieu, bien au milieu, et d'un seul trait... C'est d'une médiocrité consternante, pour un dessinateur. Moi, je ne mange pas de ce pain-là. J'innove. Je transcende. J'ouvre une voie. Sans moi, l'humanité ne serait pas ce qu'elle est.

Me contempler le mettait dans un état d'exaltation grandissante. J'étais si peu accoutumé à provoquer l'enthousiasme que je le soupçonnai, au début, de se moquer de moi ; puis je craignis qu'il n'exagérât, par cette complaisance qu'on met à rassurer les malades ; cependant, quand je vis croître et durer ses louanges, je cessai de me retenir et je m'abandonnai à la volupté d'être admiré. J'y pris goût. Certains jours, j'estimais que l'émerveillement ne se manifestait pas assez longtemps.

J'aurais voulu penser quelque chose de l'œuvre que j'étais devenu mais Zeus avait ôté tout miroir, tout objet métallisé ou vernissé dans lequel j'eusse pu m'apercevoir, et il prenait la peine de serrer mes bandages par des nœuds si complexes que je ne pouvais les défaire moi-même.

Le docteur Fichet passait chaque jour afin de constater mon rétablissement, en vrai comptable de la médecine. Je n'étais pour lui qu'une somme de chiffres qu'il consignait dans son carnet. J'avais beau le guetter, jamais il ne semblait éprouver la moindre émotion à ma vue. Cependant il sursautait chaque fois que je lui posais une question et il lui fallait alors trente secondes pour se remettre, une main sur le cœur, l'autre sur le front, avant de me répondre avec mauvaise grâce.

— C'est normal, m'expliqua un jour Zeus-Peter Lama. A la morgue il ne tripote que des cadavres.

Je comprenais pourquoi Zeus-Peter Lama lui accordait si peu d'attention et ne lui demandait pas son avis : il n'était qu'un exécutant dépourvu de la moindre sensibilité artistique. Je partageai bientôt son mépris pour cette cervelle savante et technicienne.

— Pourquoi avez-vous choisi Fichet ? demandai-je à Zeus-Peter Lama.

Celui-ci m'avisa avec surprise. Lui aussi était parfois surpris que je parle, surtout quand je posais une question, d'autant plus quand cette question témoignait d'une longue maturation mentale.

— Fichet ? Parce qu'il a un très bon coup de bistouri en tant que médecin légiste. Et puis surtout parce qu'il joue.

— Quel rapport ?

— Il a englouti des sommes faramineuses à la roulette. Il a trop de besoins pour avoir des scrupules. Il a la corde au cou.

J'avais du mal à croire Fichet passionné par quoi que ce soit. J'essayai de l'imaginer, tout rond, en train de suivre avec fièvre le trajet d'une boule. Quelle sottise ! Se perdre dans le hasard alors qu'il y avait l'art, Zeus-Peter Lama et moi ! Cet homme ne méritait pas de nous côtoyer.

Je bouillais de retrouver le monde. Zeus-Peter Lama avait beau m'offrir des heures de compliments, je souffrais de n'avoir que lui pour exister, d'autant que je percevais bien que ses éloges, en ricochant par moi, s'adressaient de plus en plus à lui. Puisqu'il était mon Bienfaiteur, je ne lui faisais pas grief de son autosatisfaction mais j'éprouvais tant d'impatience à recevoir des louanges toutes neuves que je m'appliquai beaucoup à me rééduquer à la marche et à la station debout.

— Alors, mon jeune ami, me dit un soir Zeus-Peter Lama, te sens-tu capable de sortir ?

— Oui.

— N'as-tu plus envie de mourir ?

— Non. Je désire trop savoir ce qu'on va dire de moi.

— Parfait, tu es guéri.

Zeus-Peter Lama organisa une grande fête pour ce qu'il appela mon inauguration.

Pendant les quatre jours qui précédèrent, la villa Ombrilic bruissa des préparatifs. On montait des tables, on taillait des buissons, on installait des projecteurs.

Il avait envoyé des cartons à tout ce que notre île comptait d'important. En parcourant la liste des invités, j'entrevis avec plaisir que ma naissance serait encore plus chic que mes funérailles. Une ligne en particulier retint ma rêverie : « Les frères Firelli. » Allaient-ils venir ? J'interrogeai Zeus-Peter Lama qui m'annonça que, retenus par le film autobiographique qu'ils avaient finalement accepté de tourner, ils avaient fait dire par leur attaché de presse qu'ils ne seraient pas là.

— Dommage, soupirai-je.

— Ne te soucie pas. Ils répondent toujours ça puis ils pointent quand même leur nez. Ils ne vont pas perdre une occasion de se montrer. C'est juste une manière de faire croire qu'ils sont rares et constamment occupés. Pourtant, un brushing, ça ne prend pas une journée.

— Je les verrai donc ?

— Tu les verras. Et surtout, ils te verront.

A vingt heures, Zeus-Peter Lama donna un coup de sifflet. Au signal, ainsi qu'il avait été convenu, les domestiques se retirèrent dans la cuisine et les beautés dans leurs studios.

Le docteur Fichet et Zeus, ayant enfin la voie libre, me firent quitter ma chambre et rejoindre l'estrade qui avait été installée sur la terrasse principale.

— Tu resteras ici. Tu attendras. Si tu veux, tu peux t'appuyer là-dessus.

Je pris place sur un haut tabouret et Zeus m'entoura d'une armature légère de fil de fer sur laquelle il posa un lourd rideau pourpre. Il ajouta un ruban vert et me glissa :

— Tu ne bouges plus jusqu'à ce que je retire l'étoffe.

Il siffla de nouveau et les domestiques réapparurent. Par la fente entre les deux pans de tissu, je pouvais voir ce qui se passait devant moi.

Les invités envahirent l'Ombrilic à vingt heures trente. Ils arrivaient par une allée bordée de melons évidés où l'on avait enfermé des lucioles. Les domestiques, habillés en soldats de l'Armée rouge, leur offraient de l'alcool, des sandwiches aux algues et des salades de champignons fluorescents. Zeus-Peter Lama avait vêtu les trente beautés d'une combinaison rose sans plis ni coutures qui imitait parfaitement la nudité, la peau de tissu moulait leurs corps avec indécence et seuls deux boutons rose fuchsia sur les seins et un triangle de crin noir sur le bas-ventre signalaient l'artifice. Fières de leurs corps, flattées de s'exhiber, les beautés se pavanaient entre les invités sans se douter, comme moi, que Zeus ne leur avait créé cet uniforme de nudité saumon que pour mieux dénoncer la Nature et sa consternante absence d'invention.

A vingt et une heures trente, Zeus-Peter Lama réunit tout le monde sur la terrasse où je me tenais afin de lancer l'arc-en-ciel.

— L'arc-en-ciel ? Mais il fait nuit !

— Je n'ai besoin ni de soleil ni de pluie pour créer l'arc-en-ciel, répondit Zeus en frappant sur un gong.

Du fond du jardin s'éleva un bruissement. Les nuées s'obscurcirent. Une étrange vibration secoua l'air. On aurait cru de lointaines batteries de canons. Deux ou trois femmes crièrent d'angoisse. Des pétards éclatèrent. Puis la lumière jaillit de projecteurs, faisceaux dansant en long et en large, révélant ce qui se déroulait au-dessus de nous. Affolées, froufroutantes, frémissantes, les colombes volaient sur le jardin évitant de se poser à cause des détonations, léchées par les pinceaux lumineux. Les oiseaux jaunes restaient ensemble, les rouges aussi, les bleus avec les bleus, les jaunes avec les jaunes, les indigo avec les indigo... Les volutes de couleurs se croisaient dans le firmament sans jamais que la couleur ne disparût ou ne s'égarât.

— Le plus étonnant, expliqua Zeus-Peter Lama à ses invités, c'est que les colombes, une fois teintes, se regroupent avec celles du même bain ; elles vivent ensemble sans plus fréquenter les autres. Les couleurs deviennent des races. Comme quoi, contrairement à ce qu'on dit, la sottise n'est pas qu'humaine.

L'arc-en-ciel de plumes cessa et les domestiques apportèrent sur une civière le plat principal, l'Arcimboldo, un immense corps d'athlète caramélisé, composé de toutes les viandes existantes, faisan, dinde, poulet, autruche, caille, porc, mouton, agneau, bœuf, cheval et bison, dont les rôtis avaient été savamment assemblés pour donner l'illusion d'un sportif. Tels des cannibales, les invités dépecèrent le champion tandis que les beautés, privées de repas pour ne pas ballonner, dévoraient les assiettes des yeux. Je me moquais de leurs mines envieuses lorsque je conçus que, autant qu'elles, j'étais empêché de manger derrière mon rideau et que la fatigue et la faim me faisaient trouver la soirée un peu longue.

A vingt-deux heures trente, les frères Firelli arrivèrent, sans s'excuser de leur retard, en se félicitant au contraire d'avoir réussi à venir. Un groupe compact se forma aussitôt autour d'eux. Depuis ma mort, la moue boudeuse que, par nature, dessinaient leurs grosses et sensuelles lèvres et qui aurait fini par compromettre leur avenir passait désormais pour de la tristesse. Ils avaient enfin l'air d'exprimer quelque chose. Ravis, ils jouaient les beautés tristes, les beautés qui ont de la profondeur, les beautés qui connaissent l'humanité et ses souffrances. Derrière mon rideau, je trépignais d'impatience.

A vingt-trois heures, Zeus-Peter Lama monta sur le podium et demanda le silence.

– Mes amis, on dit tout haut : « Zeus-Peter Lama est grand » mais l'on pense tout bas : « Son génie est derrière lui. Que peut-il encore nous prouver ? Il a déjà tout inventé. » C'est vrai. Dessin, gouache, aquarelle, fusain, pastel, huile, acrylique, sang, essence, bile, eau, excréments, j'ai tout utilisé pour peindre. Marbre, plâtre, argile, calcaire, craie, bois, éponge, glace, savon, crème, mousse, j'ai tout utilisé pour sculpter. Tout ce qui est inerte, j'y ai déjà imprimé la force de mon inspiration. J'ai violé les corps morts pour y inscrire ma pensée vivante. Sans moi, l'humanité ne serait pas ce qu'elle est. Alors que

85

faire ? Comment vous surprendre ? Et surtout, comment me surprendre moi-même ? L'existence d'un génie ne serait-elle plus qu'un vol en piqué vers le bas une fois qu'il a atteint les sommets ? Suis-je condamné à assister, impuissant, à ma propre décadence ? Non !

Un murmure d'approbation parcourut les invités. Sentant que mon tour venait, je me mis à frissonner.

— Non, Zeus-Peter Lama n'a pas dit son dernier mot. J'ai travaillé tous les corps morts, mes amis. Mais le vivant ? Personne, mes amis, n'a jamais encore travaillé le vivant.

Je vis que ses doigts saisissaient l'étoffe qui me protégeait.

— Je vous présente donc, pour la première fois dans l'histoire de l'humanité, une sculpture vivante.

L'étoffe s'envola au-dessus de moi dans un bruit d'ailes en tissu et j'apparus, seulement vêtu d'un short, à l'assistance.

Elle absorba le choc par un « Ah » étouffé, comme si elle avait dû bloquer sur son estomac un ballon lancé à toute force. Les sourcils s'arrondissaient. Les bouches ouvertes ne disaient rien. Le temps était suspendu.

Zeus-Peter Lama s'approcha de moi et me regarda avec fierté. Quand je dis « me regarda », je dois préciser qu'il s'agissait de mon corps car Zeus, depuis l'opération, ne croisait plus mes yeux, sans doute parce qu'ils subsistaient comme une des rares parties de mon être qu'il n'avait pas retravaillées. Pourtant, ce soir-là, un bel échange de regards m'aurait encouragé, d'autant que le silence s'épaississait.

Zeus cria avec autorité :

– Debout !

Comme nous l'avions convenu, je quittai le tabouret pour me tenir sur mes jambes. Un murmure d'effroi parcourut les spectateurs. Persuadés, vu mon apparence pour le moins étrange, de se tenir face à une sculpture, ils avaient eu la surprise de voir du marbre s'animer.

Zeus-Peter Lama gonfla sa poitrine comme un dompteur et hurla avec la sécheresse d'un coup de fouet :

– Marche !

Avec lenteur et difficulté, j'esquissai quelques pas. « Marcher » n'était pas le bon mot, « se déplacer » aurait mieux convenu car, depuis les interventions de mon Bienfaiteur, j'avais un peu de mal à... enfin passons ! Je fis deux fois le tour du podium, en vacillant dangereusement sur moi-même après chaque mouvement. Je n'osais pas contempler autre chose que mes pieds – là encore, le mot ne convient plus, je devrais sans doute dire mes « contacts avec le sol » –, la timidité me raidissait et m'empêchait de tourner la tête vers le public.

– Salue !

Ça, ce n'était pas prévu. J'étais déconcerté. Je ne réagis pas. Zeus-Peter Lama, le torse avantageux, répéta plus fort, comme si j'étais un fauve qui refusait d'obtempérer :

– Salue !

Pour qu'il cessât de s'époumoner, je baissai le haut de mon corps. Un applaudissement partit du premier rang, un applaudissement très serré, très nourri, péremptoire, comme le crépitement d'une machine à écrire. Puis un autre l'accompagna. Puis un autre. Un autre. Très vite, l'assemblée entière battit des mains.

J'osai alors tourner mon visage vers elle. Fût-ce de voir mes yeux, de constater par là que j'étais bien humain ? Les hurlements s'ajoutèrent aux claquements. Je souris – enfin, quelque chose d'approchant car avec mes... enfin passons ! Les bravos montèrent encore. Je tendis mes paumes

vers eux. La réponse bondit de la foule, toni-
truante. A chaque geste, l'ovation augmentait.
J'avais l'impression d'actionner le bouton qui faisait délirer le public. J'étais grisé. Un signe, un
rappel. Jamais de ma vie je n'avais été regardé,
applaudi, acclamé. Mon Bienfaiteur vint me
prendre la main pour s'associer à mes révérences.
L'assistance hurlait, tempêtait, tapait des pieds.
Nous saluions sans fin, tels deux danseurs-étoiles
à l'issue d'un ballet.

Après un geste implorant de Zeus, le vacarme
s'apaisa et la soirée reprit. Je demeurai néanmoins l'attraction. Les invités défilaient devant
moi pour étudier chaque détail de mon corps.
De toutes parts, les louanges affluaient. Confor-
mément aux ordres, je ne parlais pas ; en revanche, j'observais les curieux et j'écoutais leurs
commentaires.

– C'est extraordinaire !

– Nous entrons dans une nouvelle ère.

– C'est une soirée historique !

– J'avoue que je ne suivais plus le travail de
Zeus depuis quelque temps mais là, vraiment, il
m'épate.

– Est-ce humain ? Est-ce inhumain ?

– En tout cas, c'est grand !

— Admirez sa sculpture, c'est incroyable comme illusion ! On jurerait qu'elle comprend ce que nous disons.

Parmi les plus intéressées se trouvaient les trente beautés. Emmaillotées, plastifiées, rosâtres, incapables d'établir un rapport entre celui que je fus et celui que j'étais, elles me considérèrent d'abord avec la curiosité que l'on a pour un objet de brocante, se demandant si elles me mettraient chez elles ou pas ; puis, frappées par les commentaires des personnalités de notre île, réalisant par ouï-dire mon originalité, mon audace et ma révolution, elles m'examinèrent avec étonnement, comme si on leur avait appris qu'un fauteuil était comestible ; leur attitude vira à l'hostilité quand elles saisirent que personne ne tenait plus compte d'elles, sauf quelques vieillards libidineux et le milliardaire vulgaire de service. Je jubilais. J'avais raflé toutes les attentions. Je les repoussais dans l'ombre. Ce fut grâce à leur dépit que je compris que j'avais réussi.

Mes frères s'approchaient à leur tour.

Ils me dévisagèrent plus longuement qu'ils ne l'avaient jamais fait lorsque j'étais leur frère. Je ne m'attendais pas à ce qu'ils disent quelque chose car ils n'avaient d'avis sur rien. Ils passaient ce soir-là le temps réglementaire qu'il fallait passer devant un tableau, dans un musée, pour avoir l'air d'un amateur d'art. Trois minutes plus tard, ils se tournèrent vers leur attaché de presse, vilain, grand, sec, zippé, looké, outrageusement à la mode comme le sont les gens laids.

— Qu'en penses-tu, Bob ?

— Ce n'est pas ça qui vous portera de l'ombre, mes cocos.

Les frères Firelli approuvèrent, soulagés. Bob sortit un poudrier, une paille et se mit à renifler. Les jumeaux insistèrent en me désignant.

— Sincèrement, comment trouves-tu ça ?

— Je m'en fous.

— Tu ne comprends pas : qu'est-ce qu'on doit dire aux autres ?

— Calmez-vous, mes pouliches. Vous répondez comme d'habitude : dément-génial-j'adore-révolutionnaire-dément-vraiment-dément !

— On ne pourrait pas dire quelque chose d'intelligent ?

— Pour quoi faire ?

Requinqué, la narine frétillante, Bob rangea son poudrier et sourit avec une méchanceté tonique.

91

— Il ne manquerait plus que ça : que vous disiez des choses intelligentes ! Voulez-vous perdre votre public ?

— Mais...

— Silence ! On vous aime parce que vous êtes beaux, on se doute bien que vous n'avez pas inventé la marche arrière. On ne vous tolère qu'à ce prix. Si vous vous mettiez à parler comme des prix Nobel, ça serait la fin de votre carrière, mes caramels.

Il les poussa avec rudesse vers le buffet en grommelant :

— Dire des choses intelligentes, les frères Firelli ! Rarement entendu une connerie pareille ! Heureusement, ça n'est pas près d'arriver...

Je demeurai déconcerté. La confrontation avec mes frères m'avait procuré moins de plaisir que prévu. Ce que j'entrevoyais de leur relation avec Bob me surprenait : ainsi, eux aussi avaient un Bienfaiteur qui pensait à leur place. L'idée qu'ils ne se satisfaisaient pas d'être beaux me déplut. Que pouvait-on souhaiter de mieux qu'une belle apparence ? Moi, c'est parce que j'en étais privé que je m'étais résolu à devenir bizarre. J'étais troublé.

Puis les compliments me retombèrent dessus, bienfaisants, nourrissants, comme le soleil sur un jardin après l'hiver. Inouï! Invraisemblable! Innovant! Décapant! Transcendant! Aucun de ces mots n'avait vraiment de sens mais la force avec laquelle ils étaient proférés les rendait éclatants. Ils rompaient avec le froid de l'indifférence qui m'avait glacé jusqu'aux os toute ma vie, je me dorais aux rayons de la reconnaissance, je naissais enfin...

— Comment appellerez-vous cette œuvre, cher maître?

— A votre avis? fit Zeus-Peter Lama en se lissant le menton.

On cria. On lança des noms. On se serait cru aux enchères. Les propositions jaillissaient: *L'Homme rêvé, L'Autre Homme, Celui que nous voudrions être, Celui que l'on n'attendait plus, L'Homme total, L'Homme de demain, L'Homme d'aujourd'hui, Le rêve approche, Souvenir de Dorian Gray, Celui que Dieu n'a pas su faire, Dieu était aux abonnés absents, Le Coma du créateur, L'Homme bionique, Au-delà du Bien et du Mal, Ainsi parlait Zarathoustra, Au-delà du Laid et du Beau, E = mc^2, Léviathan, L'Antinombre d'or, La Synthèse, Thèse-antithèse-foutaise, Le Songe d'Epiméthée, L'Alfa et l'Omega, La Revanche du chaos, L'Unique.*

Mon Bienfaiteur accueillit chacune des propositions avec un petit sourire condescendant. Puis il sauta sur l'estrade et me désigna :

– Il n'y a qu'un seul titre à cet ouvrage révolutionnaire : *Adam bis*.

C'est ainsi que je fus baptisé sous les flashes et les applaudissements.

Si mon corps mit plusieurs jours à récupérer de cette soirée qui m'avait imposé une trop longue station debout, mon esprit, lui, s'enivrait d'une joie que je n'aurais pas cru possible.

Mon Bienfaiteur m'apportait dans mon lit les journaux et les magazines où l'on avait imprimé ma photographie. Sans conteste, mon inauguration m'avait transformé en star. *Adam bis* occupait la une des quotidiens et la couverture des hebdomadaires.

Etre célèbre me parut normal. Mieux, une réparation qui m'était due. N'ayant jamais eu d'autre lecture que celle de la presse, je pensais que les journalistes ne parlaient que de ce qui est important ; or, quoique important à mes propres yeux, j'avais été scandaleusement ignoré d'eux ; me retrouver à chaque page m'apparut comme la fin d'une injustice. Mon existence était attestée. Mieux : célébrée.

Mon plaisir s'accroissait de petites mesquineries : je mesurais la place accordée à mes frères, ridicule à côté de la mienne ; je vérifiais la qualité des plumes qui me commentaient. Parfois, la colère me prenait : on m'avait relégué de « l'actualité » aux pages « Société » ou pire aux pages « Culture » en fin de publication. Zeus-Peter Lama avait du mal à me calmer.

Chaque jour il organisait de nouvelles séances avec les meilleurs photographes de l'île.

— Voici venu la deuxième étape de ta gloire, mon cher *Adam bis*. On t'a d'abord photographié parce que tu étais différent. On te photographie maintenant parce que tu es célèbre. La notoriété est un animal qui se nourrit de lui-même.

Je me prêtais avec plaisir à toutes les poses. Cependant je refusais toujours de me déshabiller.

Le soir, Zeus-Peter Lama et moi nous disputions à ce sujet.

— Tu dois m'obéir et poser nu.

— Non.

— Tu ne vas pas garder éternellement ce short ridicule !

— Mickey n'a jamais ôté sa culotte, que je sache.

— Ne compare pas mon œuvre avec cette insignifiante souris, s'il te plaît.

— Je ne poserai pas nu.

— Tes frères n'ont pas hésité, eux. Et devant des photographes moins prestigieux que ceux que je te propose.

— Je n'ai pas envie de finir placardé dans le vestiaire d'une caissière de supermarché.

— Je te l'ordonne. Tu n'as même pas à discuter.

— Ma nudité m'appartient.

— Plus rien ne t'appartient. Tu as signé un papier, oublies-tu ?

— Pas pour ça. C'est encore à moi.

— Pas moins que le reste. Tu sais très bien que j'ai tout retravaillé.

— Donnez-moi du temps.

— Après tout, tu as raison. Attendons encore un peu. Les photos vaudront plus cher.

Chaque jour je maîtrisais un peu mieux mes déplacements. Le délire surréaliste et inspiré de mon Bienfaiteur un certain soir de lune rousse avait été conçu à des fins esthétiques plus que pratiques. C'est d'ailleurs ce qui m'échappa

96

devant Zeus, dans une formulation injurieuse, un matin où j'avais du mal à uriner.

— Mon cher *Adam bis*, répondit-il avec froideur, si vous vouliez du pratique, il ne fallait pas vous faire concevoir par un génie.

— Tout de même.

— Si vous vouliez du pratique, il fallait rester comme vous étiez. La Nature, en voilà une qui s'est spécialisée dans le pratique ! Pratique et pas coûteux. Très bon rapport qualité-prix. L'ingénieur du pauvre. Voulez-vous redevenir comme avant ?

N'ayant rien à répliquer, je décidai de m'habituer à ce nouveau corps sans me plaindre.

Bientôt j'eus assez progressé pour prendre mes repas avec le reste de la maisonnée. Je trônais en bout de table, en face de Zeus-Peter Lama qui, à quinze mètres, me couvait avec le regard que l'on a pour le fils préféré.

Zeus m'avait imposé de ne jamais prononcer un mot en public, ce qui me frustrait un peu mais ne semblait pas gêner les trente jeunes femmes qui bruitaient le déjeuner sans écouter personne ni s'intéresser à autre chose qu'à séduire Zeus. De l'entrée au café, les beautés me traitaient avec le respect que l'on a pour un majestueux bouquet de fleurs et je pouvais les contempler à loisir. La suite de la journée, lorsque Zeus s'enfermait dans son atelier, elles se laissaient aller, en me croisant, à murmurer des méchancetés moqueuses.

— Tiens, la créature a perdu son docteur Frankenstein ?

— Non, c'est Quasimodo qui cherche sa cloche.

— Sa cloche ? N'est-ce pas ce qu'il a sur la tête ?

— Une tête, où ça une tête ?

— Le truc où il y a deux yeux...

Même leurs insultes avaient quelque chose de doux. Exprimant le dépit, la jalousie des beautés témoignait de ma suprématie. L'envieux ne crache que sur celui qui le dépasse. Et puis, j'avais tant souffert d'invisibilité que tout ce qui accentuait le relief de mon existence, compliments ou sarcasmes, me donnait des jouissances d'amour-propre.

D'ailleurs, les attaques des beautés demeuraient verbales. Aucune n'aurait osé me pousser ou me faire un croche-pied. Toutes respectaient le travail de Zeus-Peter Lama.

— Eh bien, mon cher *Adam bis*, te sens-tu enfin prêt pour une véritable séance de photographie ?

– Vous voulez dire...
– Sans la culotte de Mickey. Prêt ?
– Non.

Le visage vite orageux de Zeus s'assombrit. Ses pupilles lançaient des éclats noirs.

Puis il sourit et ce fut un arc-en-ciel, toutes les pierres de ses dents se mirent à briller.

– Ce soir, j'ai des invités importants. J'enferme les beautés dans leurs chambres car elles empêchent toute conversation intelligente de se développer. Veux-tu être des nôtres ?
– Avec plaisir.
– Très bien. Tu ne prononces pas un mot, naturellement.

Si je ne parlai pas durant le dîner, je fus néanmoins le sujet sur lequel la conversation revint sans cesse. Les antiquaires, galeristes, commissaires-priseurs et marchands d'art que Zeus-Peter Lama avait invités multipliaient les interrogations.

– Une œuvre comme celle-là a-t-elle une chance de se retrouver un jour dans nos boutiques ?
– Pourquoi pas ? Si vous y mettez le prix.
– Je suis prêt à le mettre.

— Combien ?

— Dix millions.

Zeus-Peter Lama sourit comme s'il venait d'entendre une fine plaisanterie.

— Vous appelez cela être prêt ? Il faudra vous préparer davantage.

— Douze millions.

— Vous vous moquez, j'espère ?

— Quinze ? Vingt ?

— De toute façon, il est hors de question que je me sépare d'*Adam bis* pour l'instant.

— Comptez-vous en concevoir d'autres du même genre ?

Là, ce fut moi qui attendis la réponse avec angoisse. Je me tournai vers Zeus qui s'appliquait à sculpter de la mie de pain avec ses longs ongles en prenant plaisir à nous faire patienter. La jalousie me coupait le souffle.

— Pas pour l'instant.

J'expirai avec soulagement. Préoccupé par moi et rien que moi depuis ma nouvelle naissance, je ne me sentais pas disposé à avoir des frères et sœurs ni à partager l'affection de mon Bienfaiteur.

— Dites-moi, dit soudain un marchand suisse, lui avez-vous changé tous les organes et les membres ?

– Tous ceux qui sont visibles oui.

– Tous ?

– A l'exception des yeux.

– Donc, vous avez aussi modifié ce qu'un homme a entre les jambes ?

– Le sexe ? Oui, cela me paraissait nécessaire.

– Et que lui avez-vous fabriqué ?

– Un sonomégaphore.

Un long silence étonné se répandit autour de la table. Une femme finit par demander avec timidité :

– Un quoi ?

– Un sonomégaphore. La plus réussie des métamorphoses.

Mon Bienfaiteur reprit un verre de vin et glouglouta en faisant séjourner le nectar dans sa gorge. Parmi les convives, le silence se teignit d'incompréhension ; ils attendaient une explication. Zeus fit claquer sa langue.

– Ce que l'on peut imaginer de mieux.

Et personne ne sut s'il parlait du cru ou de mon sonomégaphore.

– Certes, c'est un prototype, un modèle unique. Mais si l'on déchiffre bien l'histoire du monde, on se rend compte que, depuis l'Antiquité, tous les grands conquérants, Alexandre,

César, Attila, ont eu quelque chose qui s'approchait du sonomégaphore.

Un murmure d'admiration parcourut les invités qui s'entre-regardaient d'un air impressionné.

Zeus-Peter Lama ne semblait pas réaliser qu'il passionnait autant ses hôtes car il commença à travailler une autre miette sous son doigt. Cela seul paraissait lui importer quand il ajouta, presque par distraction :

— Celui d'Alexandre était d'ailleurs réputé.

Il monta la miette au niveau de son nez et lui sourit, comme s'il s'était agi d'une vieille connaissance qu'il retrouvait par hasard.

— Son sonomégaphore n'avait pourtant rien à voir avec celui de mon *Adam bis.*

Ses doigts claquèrent, rejetant la miette au loin. Tout le monde fut saisi par la violence de ce geste.

— Puisque j'ai rivalisé avec la Nature, disons que, sur *Adam bis,* j'ai enfin conçu le sonomégaphore idéal, celui dont l'humanité, femmes et hommes, rêvait depuis toujours. Voilà, c'est fait. Ça existe.

Les regards se tournèrent vers moi, ou plutôt vers la partie de moi que cachait mon pantalon.

Moi-même j'y jetai un coup d'œil, étourdi de posséder ce trésor.

– Si nous passions sur la terrasse ? proposa Zeus-Peter Lama en se levant.

Mes souvenirs de la fin de soirée sont plus confus car il semblait que nous avions tous abusé des bons vins de Zeus. Les épouses profitèrent du changement de lieu pour venir me causer en se pressant un peu trop contre moi, les pupilles dilatées, pas du tout contrariées que je ne leur répondisse rien, me touchant les bras, les épaules, se tordant les chevilles en des faux pas qui me forçaient à les rattraper, collant leur bassin contre le mien, à croire que la boisson avait emporté l'éducation qu'il leur restait en arrivant. Lorsque les maris les rappelèrent, elles me quittèrent en riant, gênées, avec des mines de petites filles que l'on a surprises les doigts dans la confiture.

Mon bras fut alors saisi autoritairement par Mélinda, la seule célibataire.

– Ne voulez-vous pas vous promener avec moi sous la lune ?

Elle parlait d'une voix brune, rauque, épaisse, huilée, qui ne semblait pas sortir de sa bouche mais de son décolleté. D'ailleurs, tout en elle était décolleté ; le sien descendait en pointe

103

jusqu'au nombril, une légère bande de tissu recouvrant le bout des seins en les moulant pour aller s'attacher à une ceinture en chaînettes dorées. Lorsqu'on s'adressait à Mélinda, on s'adressait à un décolleté, il était difficile de ne pas suivre le sens des flèches dessinées par la robe légère, impossible de ne pas aller des épaules aux seins, puis des seins jusqu'au bas-ventre. C'était irrésistible. D'autant que le périple était agréable car la peau de Mélinda, dorée et luisante, était agitée de soubresauts constants, comme si cette femme respirait, haletait par tout son corps.

Je parvins à remonter jusqu'à ses sourcils pour lui adresser un signe d'acquiescement. Elle baissa les paupières, esquissa un sourire avec les lèvres et me tira vers le jardin, loin des autres invités, nous enfonçant dans le dédale des bosquets.

Pendant les premiers mètres je vécus la situation avec douleur : cette femme s'attendait sans doute à ce que je lui débite des phrases sur les étoiles, la lune, l'amour, le destin, tout ce que récitent les mâles dans les films romantiques. Non seulement je ne voulais pas parler mais les idées avaient disparu de mon esprit : je n'étais qu'un œil gauche obsédé par le décolleté de Mélinda et la direction qu'il indiquait.

— A quoi pensez-vous ?

Je n'osai pas répondre.

Nous nous arrêtâmes sur un monticule désert, à l'abri des regards.

La lumière, rare, avait la couleur d'un poisson.

Mélinda se plaça devant moi. Mes yeux dégringolèrent dans le piège du décolleté sans que j'arrive à m'en extraire. Son visage me semblait plus haut que la lune.

— Je ne vous plais pas !

Le décolleté soupira. Voilà, c'était bien ma faute, je l'avais vexée. Cette femme se demandait pourquoi je ne la dévisageais pas.

— Je vous dégoûte !

La malheureuse haletait de plus en plus, ses seins se gonflaient et se dégonflaient sous l'effet de la peine que je lui infligeais.

Par un effort surhumain, je bloquai ma nuque et parvins à fixer ses prunelles quelques secondes. Je souris pour montrer que je n'avais pas de mauvaises intentions.

Sans que j'eusse eu le temps de rien voir venir, le décolleté se colla contre moi et deux lèvres se posèrent en ventouses sur les miennes. Ma langue fut aspirée. Je ne pus plus respirer.

— Allons dans ta chambre, dit-elle juste au moment où j'allais mourir d'étouffement.

Nous remontâmes le jardin jusqu'à mon appartement et chaque marche du chemin me fut un supplice. Lorsque Zeus-Peter Lama avait parlé au dîner de mon sonomégaphore, j'avais été le premier intéressé car, depuis des semaines, j'observais entre mes cuisses cette œuvre étrange en me demandant comment j'arriverais jamais à m'en servir ; l'état dans lequel l'avait mis le baiser de Mélinda ne me rassurait pas, j'éprouvais pour l'instant une gêne croissante qui handicapait mes déplacements.

Une fois allongée sur le lit, Mélinda aplanit les difficultés. Elle me déshabilla avec lenteur et passion. A chaque partie de moi découverte, elle poussait un cri d'admiration. J'y gagnais de la confiance. J'étais gonflé de mon importance. Mon sonomégaphore ne demandait qu'à être libéré de ses dernières entraves.

Lorsque Mélinda acheva de le démailloter, elle s'exclama :

— Incroyable !

Elle s'approcha, le contempla et le manipula avec légèreté.

— Une idée de génie !

106

Ses paupières et sa bouche en restèrent grandes ouvertes.

La suite n'appelle pas de commentaires sinon celui, général, que je me montrai brillant. La chose se fit et se refit. Mélinda émettait d'intenses cris de volupté et moi des grognements que je ne me connaissais pas. Quelqu'un passant devant notre fenêtre et se fiant aux seuls bruits aurait sans doute parié sur l'accouplement d'une chatte et d'un cochon.

Au troisième moment de repos, alors que nous reprenions notre souffle en fixant le plafond, Mélinda bondit à califourchon sur moi pour recommencer.

– Ah non, ça suffit ! Je n'en peux plus !

Les mots avaient jailli de ma bouche sans que je m'en rende compte.

Mélinda hurla de surprise, perdit l'équilibre et tomba hors du lit.

– T'es-tu fait mal ? demandai-je en l'aidant à se relever.

Elle me regarda avec effroi et poussa un cri de bête.

– Qu'y a-t-il, Mélinda ?

Elle courut au fond de la pièce et se réfugia derrière un fauteuil, épouvantée.

J'avançai vers elle.

— Ne bouge pas, fit-elle en tendant les mains en avant pour se protéger.

— Enfin, que se passe-t-il ? De quoi as-tu peur ?

Ses lèvres tremblaient tandis que ses yeux s'écarquillaient de fièvre.

— Tu parles ?

— Naturellement je parle.

— C'est horrible. Je ne le savais pas.

L'idée la choquait. Je ne comprenais pas comment une femme qui venait de se livrer avec indécence, nue, à toutes les extravagances, pouvait se formaliser que je parle. Elle se précipita sur ses vêtements et s'habilla en hâte.

— Tu pars ?

— Oui.

— Ce n'était pas bien ?

Elle me dévisagea sans me répondre. Elle s'étonnait trop d'avoir une conversation avec moi pour la poursuivre. J'insistai :

— Ce n'était pas bien ?

— Très bien, dit-elle, vite, comme à regret.

— Tu reviendras ?

A quatre pattes, elle préféra s'absorber dans la recherche de ses hautes et fines sandales.

— Ah les voici !

Preste, elle les enfila, comme si elle retrouvait par ce geste sa dignité perdue.

— Tu ne veux pas rester pour parler ?

— Ah non, tout de même, il y a des limites !

Et Mélinda claqua la porte.

Je m'endormis comme on tombe dans un gouffre. Fugacement je me réveillais, quelques secondes, le temps de passer d'une épaule sur l'autre, le temps de penser que j'avais connu le plus grand des accomplissements, rendre une femme heureuse, puis je sombrais de nouveau. Le matin me trouva ébloui, épanoui, repu.

Zeus-Peter Lama, assis sur le bord du lit, me regardait avec attention.

— J'aurais dû te couper la langue.

Ne songeant qu'à mon plaisir, je négligeai la remarque et contemplai le soleil.

— Mélinda a eu la peur de sa vie, insista-t-il.

— Elle a eu aussi la soirée de sa vie.

— C'est vrai, dit Zeus en souriant. Une fois remise, après quelques verres d'alcool et deux calmants, elle m'a confirmé les vertus du sono-mégaphore.

Il me tapota le flanc comme on flatte un cheval.

— Je suis même certain qu'à l'heure qu'il est, elle téléphone à toutes ses copines pour leur raconter.

Il fronça les sourcils en constatant mon visage de mâle satisfait.

— Et tu es content de toi ?

— Un peu.

— Ne te rends-tu compte de rien ?

Furieux, il s'éjecta du lit et se mit à marcher avec rage.

— C'est moi qui ai rendu Mélinda heureuse hier soir, pas toi.

— Vous vous trompez.

— Pauvre crétin ! C'est mon invention, le sonomégaphore, qui l'a fait grimper au septième ciel.

— Vous exagérez...

— As-tu fait crier les femmes comme ça avant ? Ne mens pas. Peux-tu te persuader que Mélinda aurait passé ne serait-ce qu'une minute avec toi avant ? As-tu seulement connu des femmes avant ?

Je n'avais rien à répondre.

– Voilà ! C'est mon génie qui a enthousiasmé Mélinda hier soir. Moi et rien que moi.

– Tout de même, j'étais là et c'est bien moi qui...

– Non. Tu étais là et ce n'était pas toi. La preuve, quand tu es redevenu toi, elle s'est enfuie.

– Lorsque j'ai parlé ?

– Oui, malheureux ! Je t'avais pourtant bien dit de te taire. Dès que tu parles, il n'y a plus que toi et ta pensée. Ça, je ne peux pas le contrôler. Et ça n'a aucun intérêt. D'ailleurs, tu as vu ce que ça provoque.

Troublé, je me demandai si je devais continuer à me sentir heureux.

– Mélinda reviendra-t-elle ?

– Si tu te tais, oui.

– Je me tairai.

– Lève-toi et rejoins-moi. C'est bientôt l'heure de déjeuner.

Une fois Zeus parti, je paressai au lit car c'est le meilleur endroit où se remémorer les bons souvenirs. Puis j'entrepris ma toilette, ce qui m'occupait plus d'une heure depuis que Zeus avait introduit tant de complications dans mon corps.

Une fois séché, je me rendis à la penderie et,

111

là, je crus soudain me trouver dans un de mes rêves : les rayons étaient vides, mes affaires avaient disparu. Tentant de me calmer, je refermai les portes, je ris, je me concentrai pour être certain, cette fois-ci, d'être réveillé puis je les rouvris : rien ! Plus un vêtement, plus un sous-vêtement ! Il ne me restait pas un bout d'étoffe à me mettre sur la peau.

Croyant à une erreur du service, je m'enveloppai d'un drap et me rendis à l'office.

— Vous avez oublié de me rapporter mon linge, dis-je aux repasseuses.

L'intendante en chef, le visage terne, gris et râpé à force de penser à la propreté, s'approcha.

— Monsieur Lama nous a dit que vous n'en porteriez plus.

— Pardon ?

— Et il nous a demandé de reprendre vos draps.

D'un geste sec, elle m'arracha l'étoffe. Les autres femmes éclatèrent d'un rire cruel. Je m'enfuis pour cacher ma nudité. Je courus jusqu'à ma chambre dont je trouvai la porte close.

La maison grouillant de domestiques, je décidai de me réfugier dans le jardin. Peut-être pourrais-je voler une serviette autour de la piscine ? Sitôt que je m'approchai, j'entendis des éclats de voix mêlés aux clapotements : les beautés s'y baignaient. Je bifurquai et me résolus à chercher refuge dans le labyrinthe de buis sombres.

Une fois que j'eus bien tourné et retourné entre les hautes murailles vertes, lorsque je fus certain de m'être perdu – n'est-ce pas le meilleur moyen de ne pas être retrouvé ? –, je me laissai aller à pleurer contre un banc de pierre. L'immensité végétale et son ombre silencieuse me protégeaient. Je pouvais pousser ma plainte. Zeus me considérait-il donc comme un animal ? Rien ne m'appartenait-il plus ? Ni mon sexe ? Ni mes désirs ? Ni ma pudeur ?

– Je suis logique, mon jeune ami, c'est toi qui ne l'es pas.

Comment avait-il deviné que j'étais là ? Il venait de s'asseoir à côté de moi, avec sa canne, ses bagues et, sous la moustache, son sourire couronné de pierres précieuses.

– Tu souffriras tant que tu persisteras à avoir des sentiments ou des opinions personnelles. Remets-t'en à moi et tout ira bien.

– Je ne veux pas vivre nu, dis-je, la voix étranglée par les larmes.

— D'abord, abandonne cette habitude de dire « je veux » ou « je ne veux pas ». Ta volonté n'a plus d'importance, elle doit se résorber en pure obéissance. C'est ma volonté, ma seule volonté, celle de ton créateur, qui compte. A quoi arrivais-tu lorsque tu disais « je veux » ? Tu voulais mourir ! Si je ne t'avais pas, moi, proposé autre chose, tu servirais de nourriture aux poissons et tu ne serais pas célèbre dans le monde entier. Fais-moi confiance.

— Tout de même, vivre nu dans la maison et dans le parc. Même un chien aurait droit à un collier.

— On met un collier au chien pour le distinguer des autres et pour l'identifier. Toi, tu portes tout entier ma signature.

— Moins qu'une bête...

— Mille fois plus : une œuvre... Crois-tu qu'on pose un cache-sexe aux statues de Praxitèle ? Accroche-t-on un string au *David* de Michel-Ange ?

L'argument me toucha : je n'avais pas envisagé ma situation sous cet angle. Zeus, sentant qu'il avait visé juste, continua avec une chaleureuse indignation :

— Crois-tu que j'aie honte de ma création ?

114

Crois-tu que je veuille cacher une imperfection ?
Tout est parfait en toi et je veux tout montrer.

J'étais flatté. L'enthousiasme de Zeus m'indiquait que, tout à l'heure, j'avais mal interprété le vol de mes vêtements.

— Vu comme ça..., dis-je, pensif.

— Mon jeune ami, une seule chose te ferait du bien : cesser de penser.

— Vous estimez que je n'en suis pas capable ?

— J'estime surtout que c'est inutile.

Il se leva et me fit signe de le suivre à travers les couloirs du labyrinthe qu'il avait conçu.

— De quoi souffrais-tu lorsque je t'ai rencontré ? D'avoir une conscience. Pour te guérir, je t'ai proposé de devenir un objet. Deviens-le complètement. Obéis-moi en tout. Abolis-toi. Ma pensée doit se substituer à la tienne.

— En somme, vous voulez que je devienne votre esclave ?

— Non, malheureux ! Esclave, c'est encore trop ! Esclave, ça a une conscience ! Esclave, ça veut se libérer ! Non, je veux que tu deviennes moins qu'un esclave. Notre société est organisée de telle sorte qu'il vaut mieux être une chose qu'une conscience. Je veux que tu deviennes ma

chose. Alors tu seras enfin heureux ! Tu t'éva-
nouiras dans une complète félicité.

– Je me demande si vous n'avez pas raison...

– J'ai toujours raison.

Sortis du labyrinthe, nous nous dirigeâmes
vers la terrasse en continuant à parler. Nous croisions beaucoup de domestiques et, sans m'en
rendre compte, je m'habituais à être nu. « Accroche-t-on un string au *David* de Michel-Ange ? »
me répétais-je lorsque je sentais de la gêne chez
ceux que nous croisions.

– Je suis très fier de toi, me dit Zeus.

J'en éprouvai une telle joie que j'en conclus
qu'il détenait la vérité définitive. Désormais, je
préférerais ses pensées aux miennes, cela me sim-
plifierait la vie.

Nous redescendîmes dans le jardin pour aller
vers la piscine où s'ébrouaient encore les beautés.
Je m'arrêtai soudain.

– Oh, oh, s'exclama Zeus, que se passe-t-il ?

– Je crains d'avoir des opinions personnelles.

– Adam !

– Pour les beautés... c'est... animal... c'est... un
réflexe...

Zeus-Peter Lama considéra mon opinion
réflexe en se grattant la tête.

— Je n'avais pas pensé à ça.

La situation empirait et nous l'observions ensemble.

— Excusez-moi.

— Bien sûr...

— Vous comprenez, le *David* de Michel-Ange n'a pas de string mais il faut se rappeler qu'il ne voit rien et qu'il n'entend rien non plus. Il peut rester de marbre.

— Oui, oui ! C'est très contrariant. Rentrons dans votre chambre.

— Vous me vouvoyez ?

— Suis-moi.

Une fois enfermés dans ma pièce blanche aux meubles blancs, Zeus et moi passâmes un accord : dès le lendemain, je me promènerais nu aussi souvent que possible et je poserais nu pour des photos, tout en gardant le droit de porter un short si j'en sentais le besoin.

— Il faudra cependant que j'en parle au docteur Fichet, décida Zeus.

Mélinda revint coucher avec moi à la condition que je ne parlerais pas. La rencontre fut un peu froide au début, chacun évitant les yeux de l'autre ; nous étions obligés de nous concentrer sur les détails. Il y avait quelque chose de laborieux, de médical à détacher ainsi les seins, les reins, la bouche de l'ensemble Mélinda. J'avais l'impression de faire l'amour avec les pièces d'un puzzle. Puis, de façon mécanique, l'échauffement produisit ses effets, Mélinda commença à s'agiter et à gémir. Elle eut plusieurs orgasmes et moi aussi. En apparence tout fonctionna bien sinon que, lorsqu'elle me quitta, j'eus le sentiment d'avoir été pris pour un ouvre-boîte.

Une tristesse compacte me plomba les épaules. J'avais prétendu m'amuser alors qu'en vérité, j'avais éprouvé une longue et violente humiliation.

Ce soir-là, pour la première fois, j'allai à l'office pour, à l'insu de tous, dérober de l'alcool. Je sifflai deux bouteilles de whisky dans la nuit.

Les photographies d'*Adam bis* entièrement nu parurent dans les journaux.

« Voilà ma vérité... » me disais-je en étalant les revues sur le sol de ma chambre.

— Quel succès ! s'exclama mon Bienfaiteur. Je suis très fier.

Il remarqua mon manque de conviction.

— Tu ne t'aimes pas en *Adam bis* ?

— Je ne sais pas.

— Mon jeune ami, chacun de nous a trois existences. Une existence de chose : nous sommes un
corps. Une existence d'esprit : nous sommes une
conscience. Et une existence de discours : nous
sommes ce dont les autres parlent. La première
existence, celle du corps, ne nous doit rien, nous
ne choisissons ni d'être petit ou bossu, ni de
grandir ni de vieillir, pas plus de naître que de
mourir. La deuxième existence, celle de la
conscience, se montre très décevante à son tour :
nous ne pouvons prendre conscience que de ce
qui est, de ce que nous sommes, autant dire que
la conscience n'est qu'un pinceau gluant docile
qui colle à la réalité. Seule la troisième existence
nous permet d'intervenir dans notre destin, elle
nous offre un théâtre, une scène, un public ; nous
provoquons, démentons, créons, manipulons les
perceptions des autres ; pour peu que nous soyons
doués, ce qu'ils disent dépend de nous. Prends
ton cas, par exemple. Ta première existence fut
un fait insipide, la deuxième un désastre car la
saisie lucide de cette insipidité ; la troisième allait
donc dans le mur puisque tu ne pouvais faire
parler de toi en étant transparent et conscient de
l'être. Je viens de t'offrir trois nouvelles existences.

119

Nouveau corps. Nouvelle conscience. Nouveau discours. Tu as déjà eu six vies ! Pour t'apaiser, sache que ton avis n'a pas d'importance : c'est la troisième existence qui compte et l'on parle sans cesse de toi. Grâce à moi, tu es devenu un phénomène. Contente-toi d'en avoir la connaissance, épargne-toi de porter des jugements.

Dès que Zeus-Peter Lama se tenait auprès de moi, je jouissais de me voir reproduit ainsi à l'infini, je me trouvais original, insensé, bizarre, unique, célèbre. Sitôt qu'il me laissait seul, les doutes fissuraient ma joie : n'étais-je pas devenu un monstre ? Que me restait-il d'humain ? Si je n'étais pas moi-même *Adam bis*, si j'étais resté celui d'avant, ne ressentirais-je pas de l'horreur devant ces clichés ? Pis même, de la pitié ?

Tous les jours je volais des bouteilles d'alcool, j'enterrais les vides, et il me fallait des quantités toujours plus importantes pour m'empêcher de penser.

Mélinda ne venait plus mais m'envoyait des amies à elle. Je ne les appréciais que la première fois, lorsque je pouvais prendre leur curiosité pour de l'intérêt ; dès la deuxième, cela devenait un pensum fétichiste et je m'ennuyais avec détresse.

— Tes traits changent, me dit mon Bienfaiteur, je ne comprends pas. Tu es comme... bouffi. Et ton corps s'alourdit.

— Pourtant je mange très peu à table. Vous en êtes témoin.

— Oui, c'est incompréhensible. Peut-être une conséquence de tes opérations...

Le rubicond docteur Fichet débarqua un jour dans ma chambre en brandissant des analyses.

— Il boit, affirma-t-il.

— Ne soyez pas ridicule. Il ne boit pas plus que moi. Quelques coupes de champagne par jour. C'est moi-même qui les lui donne. L'alcoolisme mondain n'a jamais fait grossir personne. Pas dans nos milieux.

— Je vous dis qu'il boit.

— Trouvez mieux, Fichet !

— Pardon ?

— Vous essayez de me cacher quelque chose, une conséquence post-opératoire, une erreur, **un** problème, je ne sais quoi...

— Moi ? Une erreur ? Je ne commets pas d'erreurs. Pas une seule plainte en vingt ans de carrière.

— Normal, vous découpez des macchabées. Les cadavres ne font pas de procès.

121

— Je faisais allusion à mes supérieurs. Ils ont toujours apprécié mes rapports.

— Je sais, de la pure poésie. Il n'empêche que vous essayez de m'embrouiller, Fichet, et que je pourrais très bien interrompre mes virements d'argent. *Adam bis* ne boit pas !

— Consultez son bilan sanguin. Je m'y connais en globules. Ce... cette sculpture... ce garçon... cette chose... a un vice. Il sirote en cachette. Il n'y a pas d'autre explication.

— En êtes-vous certain ?

Ne supportant pas d'être contredit — normal, après vingt ans de morgue —, le docteur Fichet ferma sa valise d'un coup sec et quitta la pièce.

Zeus-Peter Lama le suivit en le suppliant de rester. J'entendis les deux voix se disputer dans le couloir.

Curieuse scène. Il m'aurait paru logique que Zeus, pour savoir la vérité, m'interrogeât, me fît confirmer l'hypothèse de Fichet et enfin me demandât pourquoi j'avais pris cette mauvaise habitude. J'aurais été soulagé de tout avouer, de me confesser, de m'expliquer, de demander de l'aide. Au lieu de cela, la discussion se poursuivait sans moi.

J'ouvris la porte et criai plus fort qu'eux :

– C'est vrai. Je bois.

Les deux hommes s'interrompirent et me toi-
sèrent avec fureur. « De quoi se mêle-t-il ? »
furent leurs premières pensées. Puis le docteur
Fichet se saisit de ma réponse et triompha :

– Ah, vous voyez !

Zeus se mit à balbutier :

– C'est impossible. Où se procurerait-il
l'alcool ?

– Vous n'avez qu'à mieux le surveiller.

– Il ne bouge pas d'ici et il n'a pas d'argent.

– Peut-être des complicités...

– Dans mon personnel ? Non.

– Pourtant...

– Je vole les bouteilles moi-même toutes les
nuits à l'office, dis-je avec force.

Là encore, j'eus l'impression de briser le cours
de leurs pensées.

– L'heure est grave, s'exclama Zeus. Allons
dans sa chambre.

Là, le docteur Fichet me fit allonger. Je com-
mençai à parler de mes états d'âme, de mes incer-
titudes, de mes peurs, de mes émotions. Je ne
pouvais plus m'arrêter. Les mots venaient, faciles,
dociles, aptes à épouser les moindres nuances de

123

ma pensée. Me préciser, me définir, m'exprimer ainsi me donnait de l'ivresse.

Assis au bord du lit, veillant le malade, Zeus et Fichet m'écoutaient avec accablement. Au bout d'une heure, Zeus-Peter Lama attrapa Fichet par le bras.

– C'est insupportable. Il faut faire quelque chose.

– Je vais lui administrer un calmant.

– Non, je me sens déjà mieux, dis-je. J'ai juste encore besoin de parler.

Négligeant mon objection, le docteur Fichet sortit une seringue de vétérinaire et me piqua. Une onde de bien-être passa dans mon corps. Je me tus. Je flottais. Je fermai les yeux pour gagner plus de confort. Je ne dormais pas mais, tel un bouchon ballotté par une vague, je m'approchais et m'éloignais de la conversation que tenaient Zeus et le docteur Fichet.

– Vous voyez, Fichet, vous n'avez pas voulu me croire : on aurait dû le lobotomiser. Il fallait lui racler le cerveau, le déshumaniser au maximum. Réduit à l'état végétatif d'un légume, il nous aurait foutu la paix. Un légume n'a ni pensée ni vice !

– Le vice est une preuve d'humanité.

124

— Alors pourquoi m'avez-vous retenu, ce soir-là ?

— Parce qu'il me semblait dangereux, vu la récupération et la rééducation importantes qu'il devait affronter, d'attaquer ses méninges. Sa volonté de réussir lui a permis de se rétablir très vite. Décérébré, il n'aurait jamais tenu debout pour son inauguration. Peut-être même pas survécu.

— Quoi qu'il en soit, lobotomisons-le aujourd'hui.

— Vous savez bien qu'on ne peut plus risquer d'opérations avant quelques mois.

— Ce crétin va tout me bousiller avec ses états d'âme. Remarquez comme il s'est déjà déformé avec l'alcool. Il détruit mon œuvre. Malgré ce que j'ai accompli pour lui, il a des sautes d'humeur insupportables : soit il est triste, soit il est priapique.

— La tristesse est une autre preuve d'humanité.

— L'exposition de Tokyo aura bientôt lieu. J'ai besoin qu'il soit en forme.

— Je peux le mettre sous camisole chimique.

— Qu'est-ce ?

— Un mélange savant de calmants et d'euphorisants. Bien dosé, cela vous transforme en imbécile heureux.

– Parfait. Pourquoi ne me l'avez-vous pas proposé plus tôt ?

– Parce que ça ne dure qu'un temps... Le cerveau s'y habitue et finit par en détourner les effets. On redevient malheureux.

– En tout cas, ça nous fera gagner du temps.

– Ce qu'il faudrait, c'est lui enlever l'âme.

– L'âme ? Vous parlez comme un curé, Fichet ! Parce que ça existe, selon vous, l'âme ?

– Hélas. C'est une blessure qui saigne toujours et ne guérit jamais. On ne la supprime qu'avec la vie.

Entendis-je vraiment ? Cette conversation se produisit-elle dans la réalité ou ne fut-elle qu'un cauchemar que je m'étais infligé ?

Au réveil, des lambeaux de phrases me traversaient l'esprit et accentuaient, par pointes douloureuses, l'angoisse diffuse qui se trouvait déjà en moi. Je décidai alors que la discussion de Fichet avec Zeus-Peter Lama n'avait jamais eu lieu, que mon imagination morbide l'avait fantasmée. D'ailleurs, la conscience peut-elle se frayer un chemin à travers les épaisses fumées d'un somnifère puissant ? Avais-je les capacités physiques d'écouter ce qui se passait à mon chevet ? Non. J'étais devenu mon pire ennemi. Si je voulais poursuivre ma vie d'*Adam bis*, il fallait, non pas que je me débarrasse d'un complot, mais que je me guérisse de mes craintes.

Lorsque Zeus-Peter Lama vint me voir, je l'accueillis donc avec affabilité.

– Bonjour, mon Bienfaiteur.

– Bonjour, Adam, comment te sens-tu ?

– Très en forme.

– C'est bien. Il le faut. Je te veux en pleine santé pour l'exposition de Tokyo.

– Tokyo ?

– Je t'expliquerai.

Le nom japonais roula avec affolement dans mon crâne : n'était-ce pas ce dont j'avais entendu parler dans mon rêve ?

Zeus-Peter Lama m'ouvrit la main et y déposa des gélules.

– Tiens. Pour que tu sois au meilleur de toi-même, je te conseille d'avaler ces vitamines.

– Des vitamines ?

– Pourquoi répètes-tu tous les mots que je

prononce ? Tu joues à l'écho ? Ingurgite-les avec un verre d'eau.

Je ne bougeai pas. Ainsi, j'avais bien entendu cette nuit...

– Qu'attends-tu ?

Zeus-Peter Lama, habitué à être obéi rapidement, tapait du pied.

Pour me débarrasser de lui, je fis semblant d'absorber les pilules. Il fut tenté d'attendre pour en vérifier les effets puis, comme je ne réagissais pas encore, il s'éloigna en grognant qu'il repasserait.

Qu'allais-je faire ? Fuguer fut mon premier réflexe. Or nous habitions sur une île, j'étais universellement connu, et l'on me signalerait aussitôt à Zeus-Peter Lama. Mieux valait prendre le temps de réfléchir en laissant croire, par ma bonne humeur, que « la camisole chimique » me tenait tranquille.

Je me ruai vers le jardin dans un besoin sauvage d'évasion, de solitude immédiate, absolue. Je longeai les murs. Si je ne pouvais pas fuir, je devais au moins m'autoriser une escapade. A force de tâtonner derrière les buissons, je finis par trouver une porte condamnée par des verrous. Je les fis sauter, franchis le seuil et me retrouvai, libre, sur une route déserte.

Par désœuvrement et facilité, je suivis le chemin. Je ne voulais ni me perdre ni m'enfuir. Je me contentai d'emprunter un trajet simple que je pusse reprendre en sens inverse.

Le sentier serpenta à travers la garrigue, puis la végétation cessa soudain pour céder la place à une plage à marée basse qui s'étendait à perte de vue, une grève de sable beige, craquant, incroyablement fin, où un groupe de silhouettes accrocha mes yeux.

Je marchai vers ces formes qui se découpaient au loin.

Le chevalet était posé sur la plage, maintenu par des ficelles qui s'ancraient à de lourdes pierres.

Devant le chevalet, un homme et une femme. Lui assis. Elle debout. Ils regardaient le monde – ciel, mer, nuages, oiseaux – à travers la fenêtre du tableau. Inconscients de constituer eux-mêmes un tableau par la noblesse de leur attitude, attentifs, immobiles, elle se tenant derrière lui en appuyant ses mains sur ses épaules, ils fixaient le carré de toile dans lequel l'univers tout entier accourait pour se figer et s'organiser.

Ils semblaient attendre devant le cadre que le tableau se fît.

Je m'approchai.

Ils ne m'entendirent pas venir.

Je me plantai derrière eux pour, à leur insu, profiter de la vue.

Le chevalet était devenu un véritable balcon donnant sur l'univers. L'homme y avait étalé du blanc et il le marbrait avec du gris pâle. Je levai la tête, respirai à pleins poumons et je compris qu'il peignait l'air.

— Un peu de mercure.

La femme étala une substance argentée sur la palette, l'homme la prit avec un fin pinceau et l'ajouta au tableau par de tendres coups.

— Donne-moi du sable.

La femme ramassa une poignée de sable, l'homme l'introduisit dans une vessie de tissu, il souffla par une paille et pulvérisa les cristaux de quartz sur la toile.

— Maintenant, il faut repeindre par-dessus.

C'est alors que la femme se pencha et m'aperçut.

— Nous avons un visiteur, papa.

Il y a des êtres qui, de dos, nous promettent un secret. Leur nuque, leurs reins, leurs omoplates ont tellement de présence qu'ils nous remplissent d'appréhension. Lorsqu'ils se retournent, ils nous font vivre un coup de théâtre, avec ses risques : risque que nous soyons enthousiasmés, risque que nous soyons déçus. Elle tourna vers moi un visage qui m'éblouit, d'un blanc miraculeux, d'un blanc arraché au danger du rose ou du beige, d'un blanc fragile et insoutenable, d'un blanc qui n'était pas seulement une couleur mais une consistance, douce, souple, aérienne, poudrée. Elle avait un sourcil qui s'arrondissait plus haut que l'autre, comme si l'un s'interrogeait tandis que l'autre riait. Ses épaules, son buste, sa taille, tout cela coulait avec autant de naturel que ses longs cheveux rouges. L'étrange silhouette... La précision des traits la rendait forte alors que son allure était objectivement fine, gracile.

J'avançais avec difficulté, en partie parce que je m'enfonçais dans l'épaisseur soyeuse du sable à la pesée des talons, en partie parce que je me dandinais de gêne.

Elle me sourit. Il y avait quelque chose de crâne, d'insolent, à être aussi rousse.

— Excusez-moi, dis-je. Je n'ai pas pu résister. Il a fallu que je vienne voir dans votre lucarne.

— Vous avez raison, jeune homme, dit le vieillard en pivotant vers moi.

Il s'éclaira en me tendant la main et ses rides disparurent dans le sourire pour reformer le visage d'un jeune homme aux traits délicats, au nez élégant ; quand il souriait, on doutait même que ses cheveux fussent gris, on se disait qu'ils étaient blonds. Ses yeux transparents, bleus, avec des reflets de bronze, faisaient penser à des lentilles de verre colorées.

— Carlos Hannibal, fit-il.

Je serrai une paume sèche et noueuse qui, elle, avouait son âge par sa fragilité. Il désigna la jeune femme.

— Et voici Fiona, ma fille.

Fiona, sans me tendre la main, se contenta de me dévisager avec intérêt en semblant attendre quelque chose de moi.

— Je m'appelle... Adam.

Elle approuva de la tête. Ses cheveux me fascinaient tant ils étaient forts, libres, fauve.

— Est-ce que je peux... rester... un peu... vous regarder travailler ?

— Autant que vous voulez, Adam, mais vous comprendrez bien que nous ne parlerons pas. Fiona, donne-moi du jaune tournesol.

Fiona versa une noisette d'huile sur la palette

puis, me considérant, elle désigna un objet à côté des besaces d'un cuir fatigué.

— Il y a un fauteuil de toile. Prenez-le.

Je voulus minauder, refuser le siège pour le lui proposer, céder aux habituelles galanteries qui compliquent les relations des hommes et des femmes quand je saisis avec clarté qu'il ne fallait pas discuter. Fiona me fixait en attendant que j'aie exécuté son ordre. Je dépliai donc l'objet qui s'enfonça dans le sable sous mon poids.

Les doigts de Carlos Hannibal semblaient des libellules qui voletaient sur la toile ; fins, tortueux, ils s'agitaient vivement et déposaient, par le gras de la phalange ou par l'angle dur de l'ongle, les pigments jaunes selon un mouvement qui semblait devoir tout au hasard et qui se révéla, quelque temps après, très concerté.

Je passai l'après-midi entier derrière Hannibal et sa fille. A chaque initiative du peintre, je craignais qu'il n'abîmât ce qu'il avait déjà réussi ; à l'issue de chaque geste, je comprenais ce qu'il venait d'accomplir. J'avais l'impression d'apprendre quelque chose de fondamental et d'énorme. Mais quoi ? Je n'arrivais pas à le définir. Qu'apprenais-je ? A peindre ? Non, je ne voulais pas peindre. A saisir comment travaillait ce Carlos

Hannibal ? J'ignorais son existence quelques heures auparavant et je ne voulais pas devenir critique d'art. A observer ? Il ne peignait pourtant rien de ce qui est visible. Il peignait l'air. Un air précis, celui du matin même, entre la mer illimitée et le ciel illimité. Si je quittais son cadre, je ne voyais plus qu'avec mes yeux, j'inventoriais des éléments connus, répertoriés, l'ordinaire d'un bord de mer, la plage à marée basse, les rochers endormis, les oiseaux profitant du retrait des eaux pour chasser à même le sol, l'éther éblouissant. Mais, dans son cadre, l'invisible surgissait. J'y voyais ce qui avait été et n'était déjà plus, un moment du temps, cet air-là de dix heures du matin, cet air que je respirais à narines larges sous un soleil d'acier, cet air qui avait changé, qui n'existait plus, cet air qui appartenait alors à un monde minéral, sable et rocher, relevé çà et là par le piment des corruptions cruelles, poissons séchés et algues abandonnées, un air d'après l'aube, un air peu assuré, cet air sec, vif, azuréen, froid dans son fond, un air du Nord qui, maintenant, s'était alourdi d'une journée, épaissi, chauffé de la touffeur des siestes.

Protégé par Hannibal et sa fille à la proue, j'étais la sentinelle du monde. Je ressentais une émotion longue, bouleversante, violente, entre la

134

stupeur et l'émerveillement : j'éprouvais le bonheur d'exister. La joie simple d'être au milieu d'un monde si beau. N'être pas grand-chose et beaucoup à la fois : une fenêtre ouverte sur l'univers qui me dépasse, le cadre dans lequel l'espace devient un tableau, une goutte dans un océan, une goutte lucide qui se rend compte qu'elle existe et que, par elle, l'océan existe. Minuscule et grande. Intense et misérable.

A six heures, le ciel se mit à courir, il devint un ciel hostile, un ciel qui demande à rentrer vite chez soi. Les vagues reprirent leur fracas et je me rendis compte que, depuis l'après-midi, je n'avais pas entendu la mer.

— Papa, nous allons retourner à la maison, dit Fiona.

— Avez-vous fini, monsieur Hannibal ?

— Presque. Je finirai avec mes souvenirs. Qu'en penses-tu, mon petit Adam ?

— J'ai passé le plus beau jour de ma vie. Et je n'arrive pas à comprendre comment vous pouvez peindre l'invisible.

— Cela seul mérite qu'on s'y attarde. L'invisible et l'infini. Pourquoi peindre des objets qui ont un contour ?

— De quelle façon vous y prenez-vous pour

135

réussir quelque chose de limpide avec de la matière opaque ? demandai-je en fixant le tableau.

– Il faut du bruit pour entendre le silence.

Fiona me réclama le fauteuil et rangea les instruments de son père. Il me regardait avec sympathie.

– Revenez quand vous voulez, jeune homme. Vous êtes une présence très agréable car très attentive. N'est-ce pas, Fiona ?

– Vous ne nous avez pas gênés.

– Et puis vous avez une très jolie voix. N'est-ce pas, Fiona ?

– Et des yeux très intéressants, aussi.

Sur ce, ils s'éloignèrent, Fiona soutenant le vieillard qui marchait avec difficulté.

Je demeurai bouleversé. Mes yeux, ma voix, mon enthousiasme : ils n'avaient aimé que ce qui était à moi. Ils avaient négligé tout le travail de Zeus-Peter Lama. Comment était-ce possible ?

Je me souviens des jours suivants comme d'un printemps. Quelque chose de fort et de nouveau naissait en moi.

Chaque matin je jetais dans l'évier les pilules

de Zeus puis, longeant le mur de l'Ombrilic, je m'échappais pour courir à la plage.

Fiona et son père m'accueillaient avec chaleur. Lui m'offrait toujours ce sourire immense qui lui rendait sa jeunesse, un sourire éperdu, un sourire où il se donnait tout entier, un sourire tellement fort qu'on devinait derrière je ne sais quel désespoir. Elle se montrait moins expansive mais ses attentions étaient plus soutenues, plus constantes. Souvent, lorsque son travail d'assistante lui laissait un répit, ses yeux s'attardaient sur moi ; je lui rendais ses regards car j'éprouvais un véritable plaisir à contempler cette femme haute, longue, souple, dont les cheveux roux et rouges en torsades suivaient la cambrure des reins.

— Il suffit de vous observer pour que le paysage devienne une côte irlandaise, lui dis-je un jour à l'oreille.

— Ma mère était irlandaise, répondit-elle en rougissant.

Elle avait de petits seins très haut placés qui étaient fort ronds pour une femme si mince. Ses robes de toile, à la fois négligées et élégantes, me permettaient de les apprécier lorsqu'elle bougeait. Naturelle, rêveuse, rieuse, occupée à observer ou à aider son père, elle semblait inconsciente d'être belle.

Il y avait entre le père et la fille la solidarité des gens grands et différents : ils n'avaient pas besoin de parler pour s'entendre, l'un commençait un geste que l'autre finissait.

Lorsque j'étais loin d'eux, à l'Ombrilic, je débordais de questions à leur poser : avez-vous remarqué comment je suis bâti ? Pourquoi ne m'en parlez-vous jamais ? Pourquoi m'avez-vous adopté si vite sans m'interroger ? Savez-vous que j'habite chez un artiste ? Que je suis une œuvre, moi aussi ? Pourtant, sitôt que je me trouvais auprès d'eux, je me sentais justifié, j'étais bien, et les problèmes disparaissaient.

— Décidément, ce cocktail de vitamines te réussit, conclut Zeus-Peter Lama en constatant que je ne buvais plus. Tu vas être superbe, pour Tokyo.

Je n'avais pas du tout envie de manquer mon rendez-vous quotidien sur la plage.

Le dernier jour, à la dernière minute, je trouvai le courage de parler. Hannibal venait d'achever une toile magnifique, qui représentait l'air robuste, l'air qui frappe la voile, cet air rapide, dynamique et vigoureux qui vous emmène à l'autre bout de l'océan. Et pourtant, cet air-là ne nous avait parcourus que quelques secondes, en passant, au début de la journée, mais le peintre avait su en capter la tonicité essentielle.

— Je ne serai pas là demain. Je suis obligé de partir en voyage.

— Quel dommage, soupira Hannibal. Votre présence me donne des ailes. Je me sens très inspiré depuis que vous nous accompagnez. N'est-ce pas, Fiona ?

Fiona approuva ardemment en pressant l'épaule de son père.

— Je vais à Tokyo. Pour une exposition. Avec Zeus-Peter Lama.

Au nom de mon Bienfaiteur, le vieillard se mit à rire. Son corps fragile fut secoué par une hilarité sarcastique qui lui ressemblait peu, lui d'ordinaire si doux. Fiona n'avait pas l'air contente de sa réaction.

— Ce charlatan ? Il sévit encore ?

Je ne sus quoi répondre, déjà trop étonné que l'on puisse parler de Zeus-Peter Lama avec tant de désinvolture.

— Pourquoi ne s'arrête-t-il pas ? N'est-il pas suffisamment riche ? L'énergie de cet homme n'a cessé de m'étonner...

— Vous le connaissez ?

— Depuis toujours. Nous avons étudié ensemble. A dix-huit ans, il était doué, très doué même. Je crois que, de nous tous, il était le plus doué. Quel dommage...

Fiona l'arrêta en lui posant un châle sur les épaules.

— Nous devons rentrer, papa, le soir se refroidit vite.

— S'il avait le talent pour être un grand peintre, en revanche il n'en avait pas le tempérament.

— Ah bon ? demandai-je avec angoisse.

— Trop intelligent, d'abord, il se servait aussi bien des mots que du pinceau, il n'avait pas besoin de la peinture pour s'exprimer. Et puis, trop désireux du succès. Il a très vite compris qu'il valait mieux faire du bruit que de la peinture pour attirer l'attention.

— Rentrons, papa, j'ai besoin de boire chaud.

Fiona avait ramassé toutes les affaires et bousculait un peu son père. Elle ne voulait pas qu'il restât davantage. On aurait dit qu'elle tentait d'éviter une catastrophe. Elle accrocha son bras et le força à avancer.

— Au revoir, dit-elle. Quand reviendrez-vous ?

— Dans un mois.

– Nous serons là. Nous vous attendrons.

Je les regardai s'éloigner jusqu'à ce qu'ils devinssent minuscules, deux traits sur le beige infini du sable. Une tristesse épaisse m'englua sur place. Comme j'aimais ces deux êtres ! Leur départ me fendait le cœur ! Et pourtant, je savais si peu de choses sur eux. Quel secret avait-elle voulu protéger par ce départ précipité ? Qu'allait-il dire que je ne devais pas entendre ?

N'empêche... N'avait-elle pas fini par : « Nous vous attendrons » ?

Tokyo. « The Body Art Exhibition. » Flashes. Foules. Bruits. Couloirs d'hôtel. Décalage horaire. Somnolences. Flashes. Foule. Bruits. Je prends les pilules de Zeus. Nu dans une salle pendant des heures. Envie de dormir. Ne savais pas qu'il y avait autant de Japonais au Japon. Toujours plus en dessous de moi. Ils se pressent. Ils se poussent. Ils parlent comme des jouets mécaniques. Les femmes ont des voix de souris. Dessin animé. Je vis dans un dessin animé. Des conférenciers montent sur mon estrade et m'expliquent dans toutes les langues. Ne comprends rien. Même assurance péremptoire dans toutes les langues. Sommeil. Bois du thé vert pour tenir éveillé. Mais quand bois, pisse. Comment faire ? Zeus-Peter Lama exige des heures de fermeture. Une pause de vingt minutes toutes les deux heures pendant laquelle on condamne l'accès à ma salle. Emeutes. Foule. Flashes. Ma salle la plus fréquentée. Grand succès. M'effondre toutes les nuits dans la limousine qui me ramène à l'hôtel. Pense à la plage. A Fiona. Dors mal. Et pourtant veux tout le temps dormir. Voudrais ne pas être là.

M'habitue. Commence avoir fierté d'être le clou de l'exposition. Mes photos dans les journaux japonais me donnent un petit air asiatique. A quoi cela tient-il ? On veut faire des interviews de moi. Zeus refuse. On veut m'inviter sur un plateau télévisé. Zeus hésite.

Un nouvel arrivage de touristes français. Je crains les touristes français. Ils veulent toucher. Les gosses surtout. Sales gosses. Les premiers caressent. Les autres me pincent. Je crie. Panique. Fuite. La salle vomit son public. Les gardiens arrivent. Le commissaire de l'exposition veut m'endormir. Je hurle que je ne veux pas qu'on me touche, qu'on doit interdire la salle aux Français. Aux sales gosses français. On ne comprend rien à ce que je dis. Je m'énerve. Je deviens cramoisi. Je m'agite. Un vétérinaire accourt avec un fusil qui lance des seringues pour endormir les éléphants. Je veux le lui arracher. Il tire. La seringue touche un gardien qui tombe comme une masse. Zeus-Peter Lama arrive et engueule tout le monde sauf moi. Nous quittons le musée. Dans la limousine – est-ce par reconnaissance ? est-ce par fatigue ? – je me mets à pleurer contre son épaule.

– C'est ça, la vie de star, mon jeune ami ! dit-il en me tapotant l'épaule.

Le lendemain, il menace le musée de notre départ. Affolement. Ce serait une catastrophe. Artistique et financière. Il accorde une heure aux organisateurs pour renégocier notre contrat. Pendant ce temps, il m'emmène, emmitouflé dans une doudoune, visiter les étages.

Nous commençons par « Tattoos on My Skin », la salle des Tatoués.

– Quelle horreur, s'exclame Zeus, on se croirait dans le bistrot d'un port.

Hommes et femmes exhibaient des dessins naïfs et prétentieux. Plus ils avançaient en âge et en laideur, plus nombreux étaient leurs tatouages. Les motifs, tous plus banals les uns que les

143

autres, n'inventaient rien, ils visaient simplement à couvrir le maximum de peau. Un seul modèle attirait l'attention : un grand homme maigre peint comme un écorché, sa peau donnant l'illusion d'avoir été arrachée des pieds au crâne pour laisser apparaître les muscles, les nerfs, les tendons, les orbites, les articulations, les os. C'était très laid, très repoussant et cependant assez original. Non ?

– J'ai déjà vu cela cent fois, fit Zeus en haussant les épaules.

Dans la deuxième salle « My Body is a Brush », des artistes nus, couverts de peinture, se jetaient ou se roulaient sur des surfaces vierges. Dès qu'ils avaient fini de se frotter aux toiles, le public pouvait poser une option pour en acheter une. Les plus prisées par les collectionneurs étaient celles de Jay K.O., le peintre par K.O., un homme tout en muscles qui prenait son élan du fond de la salle pour s'écraser à toute vitesse sur un panneau accroché au mur – les brancardiers le ramassaient, les infirmiers le réanimaient et il réalisait une œuvre toutes les trois heures –, ainsi que le couple Sarah et Belzébuth Kamasutra qui copulait, enduit d'acrylique, devant tout le monde déposant sur de grandes feuilles les empreintes de ses positions érotiques.

La troisième salle, « My Body, between God and Shit », attirait moins de monde, à cause des odeurs. Un artiste vidait les entrailles de porcs fraîchement tués sur le corps blanc de jeunes beautés prépubères. Un autre avait planté des crochets sur toute sa peau et s'était fait soulever ainsi au plafond de la salle. Un autre encore se brûlait l'épiderme devant le public avec des cigarettes allumées, exhalant un plaisant fumet de cochon croustillant à la broche. Et ceux qui amusaient le plus étaient les frères Paillasson, huit frères qui, en pagne, s'étaient allongés sur le sol et obligeaient les visiteurs à leur marcher dessus pour quitter la salle.

« Art and Philosophy », annonçait la quatrième salle qui était réservée aux penseurs. Diogène XBZ23, un Allemand, vivait à quatre pattes dans sa niche, avec un collier et une chaîne, sous une pancarte annonçant : « J'étais libre. Je suis prisonnier de votre curiosité ! », insultant ceux qui s'approchaient trop près de lui. Plus loin, une femme enceinte montrait son ventre en criant toutes les trente-sept secondes : « Dans quel monde vivra-t-il ? » Un groupe monumental retenait particulièrement l'attention, *L'Eternel Recyclage* : un homme nourrissait une femme qui nourrissait au sein un enfant qui pissait sur de l'herbe que broutait une vache que trayait un fermier qui vendait son lait à l'homme qui nourrissait sa femme. On était censé s'extasier lorsqu'on avait compris.

La salle suivante, « Body Building », ressemblait à un gymnase et présentait toutes les nouvelles méthodes d'aérobic et de musculation. Zeus-Peter Lama s'attira la sympathie des journalistes, photographes, cameramen et reporters en causant un esclandre. Il piqua une colère publique contre ces « marchands du Temple », prenant à parti les moniteurs trop musclés et les monitrices trop maigres, toutes ces chairs usées par la sueur, les hormones et la carotène, tous ces cerveaux essorés par les exercices, qui ne surent répondre que par des sourires mécaniques à ces diatribes enflammées.

Devant la sixième salle, il m'annonça avec solennité :

— Voici ta seule rivale.

Baptisée simplement « Rolanda, the Metamorphic Body », la pièce était consacrée à Rolanda et à ses opérations. Des photos rappe-

146

laient comment l'artiste avait évolué au fur et à mesure de ses inspirations. Si elle n'opérait pas elle-même, anesthésie oblige, Rolanda dirigeait les chirurgiens par ses croquis et ses simulations sur ordinateur. Elle avait eu plusieurs périodes : elle avait présenté *La Rolanda grecque*, *La Rolanda inca*, *La Rolanda mésopotamienne*, *La Rolanda Quattrocento*, *La Rolanda symboliste*, *La Rolanda Marilyn*. En train d'être incisée par une équipe médicale dans une salle d'opération placée au milieu de la pièce, elle permettait toujours à ses admirateurs d'assister à ses métamorphoses. Avant de sombrer dans l'inconscience, elle avait annoncé à tout le monde une nouvelle Rolanda, *La Rolanda expressionniste*.

— La pauvre, murmura Zeus sans compassion aucune, elle s'est tellement déformée qu'avec l'âge elle finira en *Rolanda cubiste*.

La salle suivante, fermée, portait l'inscription « The Moving Sculpture *Adam bis* by Zeus-Peter Lama ». Le gardien fonça vers nous et nous dit en tremblant de tous ses membres :

— C'est l'émeute. Il faut vite trouver une solution ou les gens vont enfoncer la porte.

— Allez dire ça à votre directeur, mon bon, suggéra mon Bienfaiteur.

Nous empruntâmes une porte dérobée qui nous fit pénétrer dans le Bureau des Rebuts, l'endroit où l'on remisait certaines pièces de l'exposition et où d'autres venaient, chaque jour, négocier leur entrée. Artistes et commissaires d'exposition s'injuriaient sans retenue.

On venait de retirer de la salle numéro trois « My Body between God and Shit », un vieil habitué des musées, Jesus Jo Junior, un ex-fakir habitué à se crucifier dans toutes les biennales d'art contemporain.

— Mais vous ne saignez pas ! hurlait le commissaire.

— Bien sûr. A force, mon corps s'est habitué aux clous. J'ai cicatrisé autour. J'ai des trous. Comme des encoches. Je ne saigne plus.

— On ne peut décemment pas proposer un Jésus qui ne saigne plus ! Soyez honnête, vous n'auriez jamais fait la carrière que vous avez faite si vous n'aviez saigné à New York, Munich, Sao Paulo et Paris !

— Faut comprendre, disait l'ex-fakir.

— Non, répliquait le commissaire.

Sur un banc, abattus, sans réaction, se morfondaient un tatoué victime d'une crise d'eczéma et une tatouée qui rentrait, cramée, donc illisible,

148

d'un mois de vacances aux Seychelles. Arriva en catastrophe, essoufflé, Meredith Iron, l'homme aux mille trois cents piercings, que, comme d'habitude, les policiers avaient retenu à la douane à cause du détecteur de métaux. Puis surgit le directeur, une grosse enveloppe sous le bras, qui vint confirmer à Zeus-Peter Lama qu'il acceptait ses nouvelles conditions.

On me retira sur-le-champ ma doudoune et je fus catapulté nu dans ma salle où plusieurs centaines de visiteurs, agacés par l'attente, déboulèrent pour m'admirer.

Le soir, dans la limousine, Zeus-Peter Lama me demanda :

— Que dirais-tu si on t'interviewait ?

— Que je suis très heureux d'être une œuvre d'art. Et que je remercie mon créateur.

— Très bien. Et que répondrais-tu si on t'interrogeait sur ta vie d'avant ?

— Quelle vie ? Je suis né entre vos mains.

— Très bien. Arriverais-tu à te rappeler ton ancien prénom ?

— Je m'appelle Adam.

— Très bien. Qu'as-tu à dire aux gens qui t'admirent ?

— Je ne suis que la pensée incarnée de mon

créateur, Zeus-Peter Lama, envoyez-lui vos lettres.

– Très bien. Tu me sembles au point. Nous allons peut-être accepter **cette** émission de télévision.

Le lendemain soir, nous passions en direct sous les projecteurs blancs et chauffants de « Quoi ? Où ? Quand ? », la grande émission vedette de la chaîne Satellite. J'étais nu sur un podium où je tentais de prendre des poses variées tandis que mon Bienfaiteur susurrait au micro du présentateur qu'après moi rien ne serait plus jamais comme avant. Il brodait avec aisance sur son thème favori : « Sans moi, l'humanité ne serait pas ce qu'elle est. »

Soudain une femme jaillit du public et interrompit l'émission.

– N'avez-vous pas honte ? hurla-t-elle en apostrophant Zeus-Peter Lama.

– Madame, qui êtes-vous ? demanda l'animateur.

– Je suis Médéa Memphis, de l'Association pour la dignité humaine, et je suis écœurée en voyant ce que vous avez osé infliger à ce pauvre garçon.

— Si vous n'aimez pas l'art, passez votre chemin, lui criai-je.

— Mon garçon, il vous a défiguré.

— Je l'ai voulu.

— C'est impossible !

— Je vous dis que je l'ai voulu. D'ailleurs, il y a trois sortes d'art : l'art figuratif, l'art non-figuratif et l'art défiguratif. Celui-ci, Zeus-Peter Lama mon créateur l'a inventé avec moi. Il vient de vous l'exposer.

— Comment pouvez-vous supporter d'être traité comme un dessin, une empreinte ?

— Je veux bien être une trace si c'est une trace de génie.

Des voyants rouges s'allumèrent. Le public m'applaudit. Cela n'arrêta pas Médéa Memphis.

— On vous a ravalé au rang de produit.

— *La Joconde* reçoit sans doute plus de soins que vos enfants n'en ont reçus, madame !

— Je ne vous permets pas !

— Moi non plus ! Je suis très heureux comme ça. Foutez-moi la paix et retournez à vos casseroles.

Zeus-Peter Lama s'interposa entre la femme et moi.

— Mme Médéa Memphis, dont je respecte le

151

travail militant, a raison d'élever le débat et de le mettre à sa vraie place : *Adam bis* est-il heureux d'être un objet ?

— Oui ! bramai-je.

— Y a-t-il meilleure condition en notre monde que celle d'un objet ? Surtout d'un objet d'art ?

— Non ! bramai-je encore.

— Vous voyez, madame. C'est la philosophie que sous-tend ma création que vous refusez. Une conception du monde.

— Je lutte pour un monde où les enfants sont libres, dit-elle.

— Vous luttez pour un monde où les enfants se suicident, lui lançai-je.

Sur un cri déchirant, la femme s'effondra en larmes sur le plateau. Zeus-Peter Lama et le présentateur s'accroupirent, l'entourèrent de leurs bras, lui manifestant soudain beaucoup de compassion. Puis le présentateur expliqua à la caméra et aux spectateurs que Médéa Memphis était une femme brisée car l'un de ses fils avait mis fin à ses jours quelques années auparavant, qu'il regrettait cet incident, que c'étaient les avantages — non, pardon, les inconvénients — du vrai direct et il envoya une page de pub.

L'émission fit beaucoup parler. Notre altercation fut retransmise par toutes les chaînes. Les journaux commentèrent, des éditorialistes titrèrent : « Qui a raison : Zeus-Peter Lama ou Médéa Memphis ? »

Moi, je ne décolérais pas, je trouvais insupportable d'être remis en question ou même pris à parti dans les journaux. On ne devait pas me discuter mais m'admirer.

— Calme-toi, Adam, disait Zeus-Peter Lama, cette affaire est excellente. Ce qu'il faut, c'est qu'on parle de nous. Ton cas est désormais mondialement célèbre. Il n'y a personne qui ne donne son avis sur toi. La gloire !

Il avait sans doute raison car l'affluence était telle à l'exposition que je dus, moi et moi seul, ajouter des nocturnes. Les gens étaient prêts à se marcher dessus et à se laisser piétiner pour me voir.

Le dernier soir, épuisé après la séance de clôture, incapable de trouver la paix, je quittai ma chambre au milieu de la nuit pour demander des somnifères à mon Bienfaiteur. Sans y prendre garde, j'oubliai de frapper et j'entrai dans sa suite. Il était en train de rire aux éclats avec Médéa Memphis en buvant du champagne. Je me raidis en la voyant. Elle, en revanche, m'ouvrit ses bras.

— Adam, quel plaisir de te revoir, s'écria-t-elle comme si nous n'étions pas des ennemis.

— Prends un verre avec nous, mon garçon !

— Non, je veux un somnifère. Vous vous êtes... réconciliés ?

Ils éclatèrent de rire... Trois bouteilles vides gisaient déjà à leurs pieds. Ils étaient saouls au point de ne plus pouvoir s'arrêter. Zeus se traîna jusqu'à sa valise, prit des pilules, me les glissa dans la main et parvint à dire entre deux hoquets :

— Oui. C'est ça... nous nous sommes réconciliés.

Quant à Médéa Memphis, elle se convulsait tellement d'hilarité sur son fauteuil qu'elle allait sans doute finir par vomir.

Je sentis se former en moi, se préciser, avec une netteté terrible, un soupçon. Je m'arrêtai aussitôt de penser. Par faiblesse, je préférais idéaliser Zeus que le voir tel qu'il était. Je quittai la pièce et avalai mes pilules pour attendre l'avion en toute quiétude, dans l'inconscience.

Les retrouvailles furent encore plus tendres que prévu. Fiona qui d'ordinaire ne regardait qu'en avant, vers la mer ou vers la toile de son père, Fiona qui ne se retournait jamais, Fiona me vit arriver de loin. Me guettait-elle ? M'attendait-elle ?

— Papa, voici Adam !

— Ah, Adam, quel bonheur !

La joie nous encombrait tant que, pour ne pas être ridicules, nous nous sommes embrassés. Hannibal fit fraîchement résonner ses baisers sur mes joues tandis que Fiona, rougissante, me frôlait.

— Comment va notre voyageur ?

— Je ne veux plus voyager, répondis-je. Je ne souhaite que venir ici, chaque jour, et contempler le monde à travers la fenêtre de votre toile.

— Très bien, alors je continue, dit le paysagiste. Nous parlerons plus tard.

Hannibal s'était donné comme tâche de fixer sur la toile cet instant où l'air n'est ni marin ni terrestre mais où il est l'air de la plage. Il y avait deux facilités qu'il voulait éviter : représenter l'air du grand large, un air léger, marin de part en part, salé, iodé, azuréen, ou reproduire l'air terrestre, un air pesant, saturé, gonflé d'effluves, où

155

remontent les parfums du sol, des végétaux et des activités humaines, plus une haleine qu'un air. Lui voulait fixer l'air limitrophe, l'air de la plage, un air pour crabes et pour lichens, là où deux mondes se joignent. Par un mélange de verts, de bruns et de bleus, il y parvint avant le soir. Fiona et moi ne cessions de nous extasier sur sa réussite.

— Assez de compliments, dit Hannibal en dirigeant vers moi ses beaux yeux bleus pâlis par la vie. Parlons de notre cher Adam. Nous avons lu les journaux, Fiona et moi, et nous avons suivi l'affaire.

— L'affaire ?

— Le bruit qu'a fait Zeus-Peter Lama à Tokyo. Comme d'habitude. Quel est ton point de vue ?

— Mon point de vue ?

— Tu ne vas pas me dire que, même si tu travailles pour Zeus, tu partages ses opinions. J'ai trop confiance dans ta sensibilité pour le croire. Tu parles toujours de peinture en allant droit à l'essentiel.

— Quand je parle de la vôtre, peut-être. Quant à Zeus-Peter Lama, je... je ne suis pas impliqué de la même façon.

— C'est-à-dire ?

— Je n'ai pas d'avis. Je ne sais pas avec précision

156

ce qu'est son art. D'ailleurs je m'en moque. Il me suffit que les autres estiment que c'en est.

— Selon toi, est-ce de l'art ?

— Ce n'est peut-être pas beau mais...

— Non, je ne te parle pas de ça. Beau ou laid, peu importe, du moment que cela existe et fait rêver. Sa dernière sculpture par exemple : qu'en penses-tu ?

Il me considérait en souriant avec ses prunelles opalines, attendant ma réponse. Je jetai un regard inquiet à Fiona qui, choquée par la tournure violente que prenait la conversation, vola à mon secours.

— Papa, je crois que tu ennuies Adam.

— Non, je ne l'ennuie pas. Je le gêne mais je ne l'ennuie pas. Quel jugement portes-tu sur sa dernière sculpture ?

— C'est-à-dire...

— L'as-tu vue ?

— Pas sous tous ses aspects ...

— Peu importe, l'as-tu vue ?

— Oui.

— Eh bien, qu'en penses-tu ?

Je baissai la tête et fixai le sable entre nous. Comment un homme que j'aimais tant pouvait-il se montrer si cruel avec moi ?

157

Il continua sans noter mon trouble.

— Eh bien, je vais te dire ce que j'en pense, même si toi, parce que tu es bien élevé, tu n'oses pas : c'est nul ! Esthétiquement, c'est de la crotte. Humainement, c'est de la merde.

La lutte contre les larmes m'empêchait de répondre. Croyant que je l'approuvais, Hannibal continua avec violence :

— Zeus est bien trop intelligent pour croire lui-même une seule seconde à ce qu'il fait. Cynique, calculateur, il ne cherche pas à construire une œuvre, il cherche le succès. Or le succès, c'est d'ordinaire quelque chose qui ne vient pas de l'artiste mais du public. Depuis quarante ans, Zeus force le public à avoir une réaction à son travail, il le mobilise en permanence pour fabriquer une rumeur qui ressemble à de l'approbation. Puisque le scandale est un accélérateur médiatique, il cherche l'idée qui choque. Puisque les gens assimilent ce dont on parle à ce qui vaut, il fait parler de lui pour qu'on ne doute plus de sa valeur. Puisque l'observateur pressé peut confondre la qualité de l'ouvrage avec la quantité de commentaires, il appelle les commentaires tous azimuts. Puisque les imbéciles croient qu'être moderne c'est être révolutionnaire, il prétend sans cesse rompre avec le passé et inaugurer une ère nouvelle. On croit qu'il pose des bombes en art, il se contente d'allumer des pétards. Sa carrière, il ne la fait pas dans son atelier, il la fait dans les médias ; ses pigments, ses huiles, ce sont les journalistes, et là, il est, sinon un grand artiste, du moins un grand manipulateur. Avec cette sculpture, sa dernière, il se poursuit et en même temps il se dépasse, il franchit une frontière, il s'installe dans le terrorisme, il devient criminel. Même les plus grands salauds de l'Histoire ont l'air d'anges auprès de lui. Proposer à un homme de devenir un objet ! Et quel objet ! Le triturer, le torturer, le violer, le déshumaniser, lui arracher toute apparence naturelle ! Quand il se rendra compte de ce qui lui arrive, ce jeune homme sera terrassé. Il a perdu sa place d'homme au milieu des hommes. Il ne sera plus qu'un immonde intouchable. Il aurait mieux valu que Zeus-Peter Lama lui opère le cerveau pendant qu'il y était, qu'il l'équarrisse, qu'il lui laisse le moins de lucidité possible. Parce qu'un petit peu de conscience, c'est toujours une conscience. Une flammèche, c'est encore du feu ! Le pauvre garçon avec lequel il a scellé ce pacte infâme aura un réveil douloureux. Néron était un artiste plus honnête lorsqu'il mettait Rome en flammes pour le plaisir du spectacle : les Romains pouvaient fuir ou mourir. Zeus-Peter Lama, lui, a besoin que sa victime soit vivante ! C'est le Diable ! Il droguera ce malheureux pour l'empêcher de se tuer. Je me réveille la nuit en songeant à cette existence sacrifiée sur l'autel des vanités et du succès, je compatis avec celui dont il s'est servi pour façonner son immonde sculpture... cet... comment l'appelle-t-il déjà.. son...

– *Adam bis*, fis-je d'une voix étranglée.

– *Adam bis*, c'est ça. Tiens, je n'avais pas fait le rapport : elle porte le même prénom que toi.

– Mais c'est moi.

Hannibal allait continuer sur sa lancée, il avait déjà la bouche ouverte sur la phrase suivante lorsqu'il comprit ce que je venais de dire. Il resta immobile, comme suspendu, un nœud à la gorge.

Fiona lui tapota alors l'épaule.

– Papa, je ne te l'ai jamais dit parce que ça ne me semblait pas utile jusqu'ici. Cependant notre Adam, l'Adam que nous aimons et dont la compagnie nous manquait ces derniers jours, est... *Adam bis*.

Hannibal se cacha le visage dans les paumes et poussa un gémissement.

– Mon Dieu, que viens-je de faire ?

Il m'attrapa la main et, en tremblant, la porta à ses lèvres.

– Pardon... pardon... je ne savais pas... je ne voulais pas... pardon.

Ses larmes mouillaient mes doigts. Je me tournai vers Fiona pour qu'elle m'expliquât ce qui se passait.

– Papa est aveugle, dit-elle.

Je considérai Hannibal et je compris soudain que l'azur laiteux de son iris, la fixité de son diaphragme, l'imprécision rêveuse de son regard n'étaient que les portes insensibles de deux yeux morts.

– Il ne connaît de vous que votre présence, vos réflexions et votre voix. Lorsque je lui ai lu les articles qui vous concernaient, j'ai été lâche, je lui ai décrit le... le travail de Zeus-Peter Lama... sans préciser qu'il s'agissait de vous.

– Pourquoi ?

– Parce que, pour moi, vous n'êtes pas celui-là. Vous n'avez rien à voir avec... cette apparence.

Hannibal, en tenant ma main, venait de se rendre compte à quel point elle était... différente.

La stupeur s'ajoutait aux larmes. Pis : la curiosité. Il se mettait, malgré lui, à me tâter, à m'évaluer, à remonter sur mon avant-bras... Je me retirai comme on échappe au feu.

– Non ! criai-je.

– Pardon.

Il s'accrocha à sa fille pour se relever.

– Rentrons, Fiona. J'ai fait assez de bêtises. J'ai honte.

Fiona rangea prestement les pinceaux, les chiffons et les tubes. Hannibal pivota vers moi ses yeux qui ne voyaient pas et me demanda d'une voix incertaine :

– A demain ?

– Je ne sais pas.

Il hocha la tête, montrant qu'il comprenait. Il répéta cependant :

– A demain, j'espère. Si vous voulez, je vous raconterai comme je vous voyais.

Il adressa un grand sourire dans ma direction. Sentant sa peine, je me forçai à le lui rendre. Comment le perçut-il ? Il s'exclama aussitôt :

– Merci !

Fiona, les sacs et le chevalet sur le dos, la toile du jour sous l'aisselle, lui offrit son bras et ils s'éloignèrent. Je comprenais mieux leur marche désormais ; il ne s'appuyait pas seulement sur elle, il se faisait guider.

Quand ils eurent disparu, juste devant moi, dans le sable humide, les empreintes de nos pieds, à Fiona et moi, attirèrent mon regard : mes pieds d'homme larges et lourds, ses pieds de femme, fins et cambrés, près l'un de l'autre, presque à se toucher, parfois se recouvrant l'un l'autre. Entre, je découvris un mot griffonné à la hâte sur un papier : « Ici, ce soir, à minuit. Fiona. »

La lune était ronde et avait l'air de s'en foutre.

J'attendis notre rendez-vous avec une sérénité qui m'étonna moi-même. La colère maladroite d'Hannibal m'avait procuré plus de bien que de mal, elle m'avait libéré de mes doutes. Rien de ce que j'avais vu à Tokyo ne m'avait semblé de l'art et je m'étais demandé pourquoi, moi, le clou de l'exposition, j'en aurais été plus que les autres œuvres. La question s'était révélée plus douloureuse que la réponse. En m'apprenant ce que je devais penser de moi, Hannibal m'avait soulagé. J'étais un monstre. Pas un chef-d'œuvre. Au fond, ça valait mieux parce que je souhaitais depuis toujours attirer l'attention. Ma monstruosité, je l'avais voulue autant que Zeus. Même si je ne l'avais pas créée, je pouvais la revendiquer. Tandis que le statut de chef-d'œuvre, lui, m'aurait échappé. Ce qui comptait, c'était ma visibilité nouvelle. Beau, laid, apprécié, décrié, j'existais. Personne ne m'enlèverait cette densité-là.

Fiona apparut. Elle n'avait pas la même démarche lorsqu'elle n'était qu'elle-même, sans les besaces, le chevalet, les toiles et l'infirme accroché à son bras. Elle avançait en ondulant et l'on avait l'impression que c'était cette ondulation, non ses pas, qui la faisait avancer. Sa silhouette animait à elle seule le paysage. L'air devenait liquide. Les flots calmes se nacraient sous le clair d'étoile. Elle s'approcha et ses cheveux dénoués semblaient bruns sous la lune, son visage encore plus opalin.

— Il ne dort pas, me dit-elle.

— Pourquoi ne pas lui avoir donné un calmant ?

— Il a honte. Il est bon qu'il ait honte. Je n'aimerais pas qu'il s'épargne de souffrir après ce qu'il vous a dit.

Elle me prit par le bras, releva la tête comme si elle allait aspirer les étoiles.

— Promenons-nous, voulez-vous ?

La plage dans les ténèbres semblait moins grande et tellement plus menaçante. Elle grouillait de zones d'ombre, de rochers devenus démesurés où pouvaient se cacher des dangers.

Je pressais sa main contre moi et cela seul me rassurait.

— Racontez-moi votre histoire, me demandat-elle.

Sans hésiter, alors que j'avais promis le secret à Zeus-Peter Lama, je lui narrai tout, depuis la découverte de mon insignifiance auprès de mes frères à mes suicides ratés, la rencontre avec Zeus-Peter Lama sur la falaise de Palomba Sol et notre pacte.

— Au fond, il vous a sauvé la vie ?

— C'est pour cela que je l'appelle spontanément mon Bienfaiteur.

— Il vous a sauvé la vie mais pas pour vous, pour lui. Pour vous utiliser à réussir la sienne.

— Chacun fait cela, non ? Tout le monde utilise tout le monde.

— Ah oui ? Et moi, à quoi m'utilisez-vous ? Et mon père ?

— A croire que la vie est belle. A cesser de penser à moi.

Elle se tut, comme pour prendre le temps d'apprécier ma réponse. Puis elle s'écria :

— J'ai besoin que vous gardiez un secret.

— Quel secret ?

— La cécité de mon père. Il est devenu aveugle par paliers, il l'est totalement depuis cinq ans. Personne ne le sait. Si on l'apprenait, il aurait encore plus de mal à vendre et nous aurions de réelles difficultés à vivre.

— Comment ? Vous n'êtes pas riches ?

A mon exclamation étonnée, elle éclata de rire. Sans songer à me vexer, j'observai l'effet du rire qui lui renversait la gorge et rendait frémissant son buste étroit.

— Pourquoi dites-vous cela ?

— Parce que Zeus-Peter Lama est artiste et qu'il gagne des millions.

— Justement, l'essentiel du talent de Zeus-Peter Lama est d'arriver à ça. Mon père se contente de peindre ; il intéresse donc peu les amateurs, encore moins les marchands.

— C'est un grand peintre, pourtant.

Elle se tourna vers moi et me demanda, les larmes aux yeux :

— Vous le pensez, vous aussi ?

— Je ne suis qu'un crétin mais je le pense. Et

j'ai l'impression d'être un peu moins crétin quand je le pense, d'ailleurs.

Nous nous sommes assis sur un rocher pour regarder l'obscurité ensemble. Je pris ses mains et je les réchauffai. Elle demeurait immobile, le souffle presque imperceptible, la tête pesant au creux de mon bras.

— Pourquoi aviez-vous une si basse opinion de vous-même ? me demanda-t-elle.

— Ce n'était pas une opinion, c'était une réalité : je ne ressemblais à rien.

— Peut-être ressembliez-vous à vous-même ?

— A un bon-à-rien.

— Avez-vous des photos ?

— Aucune. J'ai tout brûlé. Et, à mon avis, mes frères ont dû se débarrasser de celles qui restaient. Du reste, je suis très heureux, aujourd'hui, sous la marque de Zeus. Auparavant, n'importe qui pouvait vivre ma vie. Désormais, je suis irremplaçable.

Nous avons marché encore. Il n'y avait pas de mots inutiles entre Fiona et moi. C'était une habitude que nous avions prise derrière le chevalet de son père. Pour rester ensemble, nous marchions au même pas, pour humer le même air, être sous les mêmes étoiles, partager la même nuit. Notre solitude à deux nous devenait plus sensible, prêtant aux mots les plus insignifiants un sens secret, exquisément intime.

– A demain ? demanda-t-elle.

– A demain.

Elle s'éloigna. Je lui criai quand sa silhouette pouvait encore m'entendre :

– Je suis content de partager un secret avec vous.

Elle fit un signe que je crus être un baiser. Je n'en fus jamais sûr.

Le lendemain je fus dérobé.

Volé. Moi. Moi tout seul. Arraché à la collection de Zeus-Peter Lama. Un cambriolage bien précis dont j'étais la seule cible. Une commande.

L'affaire fit beaucoup de bruit, à l'époque.

A six heures du matin, alors que j'étais dans mon lit, trois hommes cagoulés firent irruption dans ma chambre, me plaquèrent un chiffon de chloroforme sur le nez avant que j'aie eu le temps de résister.

La suite ? On me l'a racontée. Ils me portèrent jusqu'à une camionnette, de l'autre côté du mur, et démarrèrent. Un jardinier de l'Ombrilic qui prenait son service très tôt les vit. Il fut assommé avant de pouvoir donner l'alarme. Revenu à lui, il prévint Zeus-Peter Lama qui déclencha alors toutes les recherches possibles. Police, détectives privés, promesses de récompense pour ma découverte ou même un simple renseignement. Ma photographie fut placardée sur chaque panneau, poteau, arbre, vitrine qui pouvait la recevoir. Zeus apparut aux informations télévisées, radiophoniques, bouleversé, furieux, agressif ; il pleura sur le plateau de l'émission la plus regardée sur notre île. Les journaux en version papier participèrent aussi à l'événement, écartant la polémique sur mon existence. Comme l'écrivait un éditorialiste : « Quand *La Joconde* est volée, on ne se demande plus si on aime ou pas *La Joconde*, on la recherche. » J'avais été volé et c'était un événement international. « L'œuvre la plus connue au monde après la tour Eiffel est entre les pattes de malfaiteurs », s'indignait un commentateur. L'affaire prit vite une couleur politique, l'opposition au gouvernement de notre île y trouvant un argument pour dénoncer le manque de sécurité.

Où étais-je pendant cette agitation ? Dans une cave. Au calme. Une ombre froide et moite m'enveloppait. Je respirais l'odeur fade de la terre et des herbes qui ne voient jamais le soleil.

Comme dans toutes les périodes les plus heureuses de ma vie, j'étais presque inconscient. On m'avait drogué. Les anesthésiants devaient se trouver dans les repas qu'un homme masqué m'apportait deux fois par jour. Les trois complices me soutenaient pour m'emmener sous une douche où ils me nettoyaient de temps à autre, avec beaucoup de soin, je dois dire. A cause d'un faux mouvement, l'un d'eux perdit une fois sa cagoule et je pus apercevoir quelques secondes son long faciès doté d'un appendice nasal ahurissant, une sorte de crochet d'oiseau au-dessus d'une bouche mince ; feignant de dormir debout, je me laissai tomber à terre, paupières fermées, afin qu'il ne pensât pas que je l'avais vu. Or son visage s'était inscrit clairement dans mon esprit, une face nouvelle, laquelle se mêla aux images anciennes qui peuplaient mes rêves, celles de Fiona, de notre plage jour et nuit, des toiles d'Hannibal.

Combien de temps dura ma détention ? Je l'appris des autres car, pour ma part, j'avais perdu la faculté de compter : trois semaines. La tension ne baissait pas dans la presse, Zeus-Peter Lama s'inquiétait pour ma santé et disait que les cambrioleurs étaient en train de détruire l'ouvrage qu'ils avaient volé. Il les suppliait d'être raisonnables et d'exiger une rançon. Pensaient-ils arriver à revendre cette œuvre ? Personne ne prendrait plus le risque de l'acheter.

Mes ravisseurs me réveillèrent un jour en me montrant les journaux.

– Tu vois comme il t'aime, ton Zeus-Peter Lama ? Il est chaud. Le voilà si inquiet qu'il s'apprête à cracher ses millions pour toi.

A travers un voile d'indifférence, je parcourus les articles. Je sentis qu'il fallait que je dise quelque chose, que je fasse semblant de m'intéresser à mon sort.

– Combien allez-vous lui demander ?

– Vingt-cinq millions.

– Il crèvera la gueule ouverte plutôt que de vous les donner, dis-je pour les décourager avant de rejoindre Fiona dans mon sommeil.

L'échange eut lieu de nuit, entouré du plus grand mystère, mes ravisseurs ne voulant pas être découverts et Zeus-Peter Lama n'ayant rien signalé à la police afin qu'aucune filature ne compromît la transaction.

A demi inconscient, je fus allongé dans une

camionnette. Puis on roula longtemps. Enfin, les portières claquèrent. J'entendis des échanges à voix basse. On posa des valises à côté de moi – sans doute contenaient-elles des billets – on me glissa hors de la camionnette pour me mettre à l'arrière d'une limousine.

Les portes claquèrent encore. La camionnette s'éloigna. Zeus-Peter Lama apparut au-dessus de moi.

– Mon jeune ami, je suis tellement content de te retrouver.

Je l'avisai sans pouvoir réagir. Il me surprenait. Il pleurait de vraies larmes. Il me palpait avec affection, ravissement.

– Ne crains rien. Cela ne t'arrivera plus. Je prendrai des précautions. Dorénavant, je te ferai garder.

Mon cerveau cria : « Non, je ne pourrai plus voir Fiona, m'échapper sur la plage et contempler les tableaux d'Hannibal », mais mes lèvres ne bougèrent pas, je n'entendis pas le son de ma voix.

La voiture démarra et, bercé, je m'endormis de nouveau.

Les médias fêtaient mon retour à la liberté. C'est le nom qu'ils donnaient à ma nouvelle prison. Deux gardes du corps, compacts, massifs, aussi larges que hauts, sur lesquels on avait cousu un costume sombre qui se tendait aux pectoraux et aux fesses, deux hommes sans cou car ils avaient la tête carrée plantée dans les épaules, sans doigts tant leurs mains ne semblaient que des poings, sans yeux car ils portaient des lunettes fumées, ne me lâchaient plus. La nuit, deux autres que je crus d'abord être les mêmes, leur succédaient, l'un devant ma fenêtre, l'autre devant ma porte.

Zeus-Peter Lama, à son habitude, me proposa des vitamines que je fis mine d'accepter et que j'amassai dans une trousse. Chaque matin, réveillé par ses attouchements, je le trouvais au-dessus de mon lit occupé à me palper, extasié.

– Sans moi, l'humanité ne serait pas ce qu'elle est.

Un jour, je manifestai de la mauvaise humeur et lui demandai de me laisser dormir.

– Tu as la journée pour dormir alors que moi je suis tellement accaparé que je n'ai que le matin pour t'admirer.

– Foutez-moi la paix ! Aimeriez-vous qu'on

vienne vous regarder et vous tripoter durant votre sommeil ?

— Pas de comparaisons idiotes, s'il te plaît. Il n'y a aucun rapport entre toi et moi. Tu es l'œuvre, je suis l'artiste.

— Mais je suis un homme !

— Oh, si peu...

— Je suis un homme. J'ai une conscience.

— A quoi te sert-elle ? A te rendre malheureux. Tu ferais mieux de ne plus l'écouter.

— Désolé, ma conscience, c'est moi ! Moi ! Pas quelque chose distinct de moi !

— Bien sûr. Pourtant tu sais très bien que ton moi n'a aucun intérêt. Aucune valeur. Pas plus que ton corps naturel. Lorsque je t'ai connu, tu voulais d'ailleurs supprimer les deux. Grâce à mon intervention, ton corps a désormais de l'intérêt. Tu devrais t'en réjouir et limiter ta vie consciente à cette réjouissance. As-tu bien pris tes vitamines ?

— Sont-elles censées m'aider à ne plus penser ?

— Des soupçons, maintenant ? Quelle ingratitude ! Après tout ce que j'ai fait pour toi ! Rappelle-toi ce que ta rançon m'a coûté : vingt-cinq millions ! Vingt-cinq millions que j'ai dû racler sur mes comptes en banque ! Je n'ai plus rien.

174

— Arrêtez, vous allez me faire pleurer.

— C'est ainsi que tu me remercies ?

— Pourquoi devrais-je vous remercier ? On vous a volé un objet, vous avez récupéré votre bien. Ça ne me concerne pas.

— Tu aurais préféré que je t'abandonne à ces voyous ?

— Quelle différence ? Ai-je le choix de ma prison ?

— Tu es odieux.

— Enlevez-moi ces gardes du corps ! Je veux pouvoir circuler en liberté.

— Hors de question. Tu m'as déjà coûté vingt-cinq millions. Prends tes vitamines et cesse de geindre. Tu deviens insupportable.

Lorsque j'eus accumulé assez de « vitamines », je les fis fondre dans un jus d'orange que j'offris, lors de la relève du matin, à mes surveillants.

Ils avalèrent le liquide d'une gorgée, sans broncher, et une heure plus tard, sans broncher non plus, ils s'endormirent l'un sur l'autre dans le couloir.

Je dévalai le jardin, passai la porte dérobée, et courus à la plage.

Fiona m'aperçut de loin, cria mon prénom, abandonna son père et se précipita dans ma direction. Lorsque nous arrivâmes l'un vers l'autre, je ne sais pourquoi, peut-être parce que ce geste était logique, nous nous étreignîmes. Elle m'embrassa.

– J'étais si inquiète quand vous avez été enlevé. Plus encore après votre libération, lorsque je ne vous voyais pas venir. Avez-vous été souffrant ?

– Non. Surveillé. Je viens d'endormir mes gardes.

– Vos gardes ?

– Mes gardes du corps. Ils sont autant là pour me protéger de moi-même que de l'extérieur. Ils m'empêchent de fuir.

– Venez voir, papa.

Hannibal m'accueillit comme un fils. Il me pressa longtemps contre lui. Il demanda minutieusement de mes nouvelles. Puis m'avoua que, depuis mon enlèvement, il n'arrivait plus à se concentrer pour peindre. Lui et Fiona venaient sur la plage par habitude, et, depuis quelque temps, dans l'espoir de m'y retrouver.

– Qu'allez-vous faire, mon garçon ?

– Quitter Zeus-Peter Lama. Trouver un logement. Travailler.

— Nous avons une chambre au grenier. Je vous l'offre.

— Non.

— Si, dit Fiona en insistant. Rien ne nous ferait plus plaisir.

Elle me souriait tendrement et, dans son sourire, il y avait d'autres paroles qu'elle ne prononçait pas mais que j'entendais avec clarté : « Venez, je vous le demande, nous nous verrons chaque jour, j'en serai heureuse et peut-être vous aussi. »

J'acceptai, et ce qui m'émut le plus fut de constater que la même joie, tel un courant électrique, nous traversa tous les trois.

Hannibal m'expliqua ensuite que je devais annoncer mon départ à Zeus-Peter Lama. Je refusai jusqu'à ce qu'il me convainquît que, sinon, Zeus-Peter Lama me ferait rechercher par la police et qu'eux, Hannibal et Fiona, passeraient pour des receleurs.

— Il ne me laissera jamais m'en aller.

— Avez-vous peur de lui parler ?

— Non, je n'ai pas peur. Ça me soulagerait, même. Cependant je suis certain qu'il me retiendra. Il va me répéter que je lui ai coûté vingt-cinq millions — ce qui est vrai, d'ailleurs — et jouer celui qui est d'accord avec moi puis, dès que j'aurai tourné le dos, je me retrouverai dans une cage, assommé de somnifères.

Devant Hannibal qui protestait par idéalisme, Fiona apporta une solution.

— Adam a raison. Zeus-Peter Lama ne le lâchera pas comme ça, même si Adam lui promet de se rendre aux expositions qu'il souhaite. Je crois qu'il vaudrait mieux que nous organisions une rencontre entre Adam et un journaliste : Adam lui racontera ses conditions de vie, on alertera l'opinion et Zeus-Peter Lama, pris de court, suspecté, accusé, ne sera plus libre d'agir comme il le veut. Nous pourrons alors négocier son départ.

Hannibal et moi adoptâmes avec admiration le plan de Fiona.

Il fut convenu de nous retrouver ici même, deux jours plus tard.

Je regagnai en hâte l'Ombrilic. Je ralentis devant mes gardes affalés et me recouchai en attendant qu'ils se réveillent. Revenus à eux, une fois qu'ils eurent constaté que je dormais, ils ne suspectèrent pas que j'aurais pu m'enfuir et reprirent leur fonction comme si de rien n'était.

Le lendemain, sur un banc du jardin, alors que je bavardais avec l'une des beautés, celle qui était la plus curieuse de mes opérations, je vis sortir d'un salon un domestique dont le profil me rappela quelque chose.

Il passa plusieurs fois devant nous sans que je pusse me souvenir où je l'avais vu. Soudain une terreur glacée vint fondre sur mes reins, me faisant grelotter. L'image me revint, fulgurante : l'homme dont la cagoule s'était échappée sous la douche, l'homme au nez d'oiseau, un de mes ravisseurs.

Je sautai sur mes pieds pour prévenir Zeus-Peter Lama. Le malheur voulut que l'homme repassât alors que, sans pouvoir me contrôler, je le toisais avec haine. Il comprit aussitôt qu'il était reconnu et s'enfuit dans la villa.

Je le poursuivis mais, plus rapide que moi à cause de mes... enfin passons !, il me distança.

Je cherchai Zeus qui ne se trouvait dans aucun de ses ateliers, ni même dans Matricia. Je ne le découvris qu'une demi-heure plus tard dans son bureau où je pénétrai sans frapper.

– Eh bien, justement le voilà ! dit-il en me voyant entrer.

Zeus me désigna à son visiteur, un géant aux petits yeux, aux bras d'abatteur d'arbres, tout en muscles, tout en puissance retenue dans son cos-

179

tume d'une coupe impeccable, et dont les cheveux drus, les sourcils noirs et la moustache
épaisse paraissaient exprimer la force virile qui
grouillait en lui.

— Aristide Stavros, je vous présente Adam.

— Bonjour, monsieur, dis-je au géant qui ne
me répondit pas.

Il se leva, évita le lustre de justesse, s'approcha
et se pencha vers moi.

— On peut le mettre sur un socle ?

— Vous le mettez sur ce que vous voulez.

— Un socle. Vous me le fournissez avec ?

— Je me ferai un plaisir de vous l'offrir.

J'interrompis leur conversation pour tirer
Zeus-Peter Lama par le bras et lui glisser à
l'oreille :

— J'ai trouvé un de mes ravisseurs.

Zeus-Peter Lama me considéra avec sévérité et
marmonna entre ses dents :

— Calme-toi. Tu me raconteras ça plus tard.

— C'est un de vos domestiques qui a organisé
le coup.

Zeus éclata de rire bien que ses pupilles bril-
lassent encore plus méchamment.

— Ne raconte pas n'importe quoi. Tu m'as dit
que tes ravisseurs étaient masqués.

– J'ai entrevu le visage de l'un d'eux sous la douche. Il est là. Parmi votre personnel.

– C'est impossible.

– Vous allez pouvoir récupérer vos vingt-cinq millions.

– Tais-toi, je te dis que c'est impossible.

En sifflant ces mots, il me pinça le bras. Je le regardai avec étonnement.

– Je ne vous comprends pas. On vous vole votre argent et vous ne réagissez même pas ? Il faut interdire à quiconque de quitter la propriété et je vous désignerai le malfrat.

Il me contempla, comme agacé par un moustique qu'on ne se résout pas à tuer.

– Tu as raison. Je vais donner des ordres.

Il dit quelque chose que je ne compris pas dans l'interphone puis pivota vers le géant en le priant de nous excuser de ce contretemps. L'homme me désigna du doigt.

– Je le trouve bien agité. Il est tout le temps comme ça ?

– Juste aujourd'hui. Quelque chose l'a contrarié. D'ordinaire, il est très calme.

– Ah bon. Parce que je ne veux pas chez moi d'une chose qui gigote. A ce prix-là, j'exige un objet sans problèmes.

— Ne vous en faites pas.

Zeus-Peter Lama me pinça de nouveau le bras et me glissa à l'oreille :

— Tiens-toi tranquille sinon tu vas faire rater la vente.

Avec amabilité, il lança au géant qu'il revenait et me fit passer dans son deuxième bureau, fermant à clé la double porte capitonnée.

— Quelle vente ? lui demandai-je dès que nous fûmes seuls.

— La tienne. Trente millions. Un record. Il y a de quoi être fier.

— Quoi ?

— Ah, je t'en prie. Tais-toi. Tu viens d'être acheté par le multimilliardaire Aristide Stavros, le grand constructeur d'avions et de bateaux.

— Mais je ne suis pas à vendre.

— Si je le veux, si ! Et maintenant, ça suffit.

Il frappa dans ses mains et trois hommes jaillirent des portes-fenêtres. Je reconnus les silhouettes de mes ravisseurs.

— Saisissez-le ! cria Zeus.

Les trois hommes me sautèrent dessus. Je me débattais, ils me maîtrisaient, mais ils ne pouvaient m'empêcher de parler. Je me mis à hurler à la cantonade :

— Au secours ! A l'aide ! Je n'ai jamais été volé ! C'était un coup monté !

Zeus-Peter Lama plaqua ses doigts sur ma bouche.

— Un coup de publicité, plus exactement. Ça me permet de me débarrasser de toi pour trente millions. Bien joué, non ?

Je le mordis au poignet. Furieux, bavant de douleur, il le retira. Je recommençai à hurler :

— Je ne me laisserai pas faire. Je parlerai.

— Je ne crois pas, dit Zeus.

Il ouvrit une porte et le docteur Fichet apparut, une seringue dans ses gants de caoutchouc.

Je hurlai une dernière fois lorsque l'aiguille m'entra dans le bras puis sombrai dans le coma.

Chaos. Je ne sais pas où je suis. Parfois dans mon lit mais ça ne dure pas. Parfois sur la plage en compagnie de Fiona mais ça s'évanouit. Parfois à Tokyo. Parfois dans mon enfance avec mes frères. Rien ne persiste. Tout est clair dans l'instant. Puis une autre scène arrive, tout aussi claire, sans aucun rapport. Mises bout à bout, ces limpides séquences deviennent incohérentes. Quel âge puis-je avoir ? Parfois dix ans, parfois cinq

ans, parfois vingt... Quand suis-je aujourd'hui ?
Quand suis-je hier ? Aujourd'hui existe-t-il toujours ? Je flotte. Où est mon corps ? Où l'ai-je
laissé ? Est-ce cela, la mort ? Pourtant je sais bien
que je ne suis pas mort. Je sais bien que je rêve
sans cesse. Je sais bien que j'existe encore. Le
problème, c'est que j'ai trop de vies. Trop de vies
trop courtes. Je voudrais m'installer dans l'une
d'elles, quelle qu'elle soit, y creuser ma place, y
rester. Bascule. Trou noir. Je tombe dans une
nouvelle existence, fatigué non d'avoir à recommencer mais d'avoir été arraché à l'autre. Plutôt
la mort que ces vies trop rapides. Je voudrais
n'avoir plus qu'un corps, quel qu'il soit ; plus
qu'un âge, quel qu'il soit ; plus qu'un destin,
quel qu'il soit.

Un rêve revient souvent : est-ce la réalité ?
C'est une chambre très sombre. Je suis attaché
dans un lit, serré par des sangles, ma tête entou-
rée de bandages. Fichet se penche de temps en
temps sur moi. Il pue l'ammoniac, le tabac et
l'alcool. Il me fait des signes. Me demande de
compter ses doigts. Je réponds très bien. Je me
doute bien qu'il n'a pas six ou sept doigts à
chaque main. Il ne perçoit pas mes réponses. Je
m'amuse de ses grimaces de sourd. D'ailleurs,

c'est curieux, je le vois moi aussi sans l'entendre. Pourtant il agite les lèvres, parfois en me fixant, le plus souvent en se tournant vers quelqu'un qui doit se tenir derrière lui et que je n'aperçois pas.

Je repars. Fiona. Ma mère qui me coiffe devant le miroir. Fiona. Mes frères nus sur leur lit, chastes, enlacés, si beaux que j'en suis malheureux. Fiona. Moi en classe, refusant d'apprendre, refusant de répondre, accablé de mauvaises notes. Fiona. L'ivresse de mes suicides, la joie, l'impression d'avoir trouvé la poignée de la bonne porte. Hannibal me donnant des cours de peinture. J'ai fait des enfants à Fiona, ils sont cinq, beaux comme leur mère, ils me sourient. Stop ! Arrêtons-nous dans cette vie-ci, elle me plaît. Stop ! Je suis zappé ailleurs. J'atterris sous l'œil de Fichet qui me montre trois doigts.

– Je vois bien que tu as trois doigts, espèce de gros con !

Il recule, effaré. Il m'a entendu. J'ai peur. C'est donc là que j'accoste ? Fin du voyage ? Cette chambre et Fichet, voilà ma vie ?

– Oui, je compte jusqu'à cinq, c'est ça que tu vérifies ?

Fichet sursaute. La hanche roulante, le ventre

185

ballotté, il bondit sur le sol en soufflant, il s'accroche au chambranle comme un marin qui a le mal de mer. Puis il appelle quelqu'un au téléphone.

Il s'assoit. Il attend. Il tremble, violacé, apoplectique, les yeux presque fermés par l'ourlet gras de ses paupières.

Zeus entre et Fichet lui dit que ça y est, je reviens à moi-même et je parle. Zeus fulmine de colère.

Je comprends aussitôt ce qu'il me reste à faire. Lorsque Fichet veut rééditer sa démonstration, je ne bronche pas.

Zeus patiente. Fichet recommence. Echec. Zeus ricane, rassuré. Ils sortent et je saisis qu'ils s'engueulent dans le couloir.

Puisque cette chambre sinistre est mon rivage, je décide de ma conduite à venir sur cette île où les flots de ma conscience m'ont abandonné : je ne parlerai plus. Je leur ferai croire que je ne suis qu'un légume. Seule cette ruse me sauvera.

Puis-je être encore sauvé ?

Lorsque je suis seul, je tâte les bandages autour de mon crâne. Ils m'ont ouvert la tête. Ils m'ont trépané. Quelle partie du cerveau m'ont-ils enlevée ?

Je glisse et repars dans mes rêves. Puis reviens dans cette chambre sombre où j'ai le corps sanglé et les tempes lourdes, enturbannées. La part de méninges qu'ils m'ont grattée, est-ce celle qui permet de distinguer la veille du rêve ? Vais-je trébucher à perpétuité de songe en réalité ?

Le temps passe et m'est rendu. Fichet me rééduque. Il arrive à me lever, à me soutenir dans la marche. Il n'obtient aucun résultat lorsqu'il veut me faire parler. Zeus-Peter Lama est ravi. Il félicite Fichet. Il lui tape sur l'épaule et j'ai l'impression que Fichet va rouler.

Or je sens que Fichet n'est pas certain d'avoir réussi. Dès qu'il reste seul avec moi, il me contemple de manière sceptique.

Un soir, il penche sur moi sa tronche vineuse et m'oblige à le regarder.

– Ecoute-moi, Adam. A moi, tu peux te confier, je ne répéterai rien : est-ce que tu peux parler ?

Je me tais. Il insiste. Son front gras se gonfle de plis.

– Tu n'as pas confiance... Comment aurais-tu confiance ?... Pour te prouver ma bonne foi, je vais te dire la vérité : Zeus-Peter Lama m'a demandé de te découper la boîte crânienne et d'enlever les lobes de la parole. J'ai fait semblant. Je t'ai bien ouvert la tête mais je n'ai touché à rien. Pourquoi ? Parce que je ne connais pas la neurologie. Dans la médecine légale, on ne cherche pas d'indices dans le cerveau. J'ai oublié le peu que j'ai appris à l'université. J'ai simulé parce que Zeus-Peter Lama m'a proposé beaucoup d'argent et que... Bref, je t'ai juste un peu aéré le bulbe. C'est un choc. Certes. Pas plus. En toute logique, tu ne devrais pas avoir perdu le langage. Réponds-moi.

Je me tais.

Il passe ses petits doigts boudinés dans la mèche luisante qu'il rabat sur sa calvitie. Ses globes oculaires tournent autour de la pièce. Il s'affole.

— Serait-ce possible que, malgré moi, j'aie... obtenu... ça ?

Je le lui laisse croire. Il revient vers moi.

— Peux-tu écrire ?

J'approuve de la tête. Il se précipite sur un bloc de feuilles et un stylo qu'il me tend.

— Réponds-moi par écrit.

Je prends le stylo puis je reste bloqué au-dessus du papier. Je prétends me forcer. J'agite mes pieds, je coupe ma respiration, je deviens rouge,

188

je gonfle les veines de mon cou, j'ai des larmes aux paupières jusqu'à ce que, désemparé, je rejette les feuilles et le stylo au loin.

Fichet s'effondre.

– Mon Dieu, j'ai détruit le centre du langage sans m'en rendre compte...

Il est plus saisi d'étonnement que de regret. Il se surprend lui-même. Je ne bronche plus, absent. Persuadé qu'il n'a plus rien à craindre de moi, il réfléchit à la nouvelle situation. Peut-être est-il un plus grand médecin qu'il ne l'imagine ? Peut-être lui suffit-il de vouloir pour pouvoir ? Il s'est toujours sous-estimé. On l'a toujours sous-estimé. Par bouffées de plus en plus fortes, la fierté remplace l'inquiétude. La boule Fichet jubile, sautille. Il virevolte, toupine. Il danse avec la légèreté des gros. Après avoir ramassé ses instruments, il envoie un baiser à son reflet en passant devant la glace.

– Salut, Fichet. Et bravo !

Ce soir, il s'aime. Il disparaît. Il va aller jouer au casino.

Le lendemain, il donna l'ordre de mon transfert et je fus livré à mon nouveau propriétaire.

Aristide Stavros détestait le luxe, l'art, sa femme et les bijoux mais son statut de milliardaire le condamnait à vivre dans le luxe, à posséder une collection d'art, à ne pas divorcer de sa femme et à la couvrir de bijoux qu'elle entassait en avare dans ses coffres. Il menait une existence qu'il haïssait, étrangère à son tempérament rustique, et l'on pouvait vraiment dire que sa fortune avait fait son malheur.

Lorsque je lui fus livré, son intendant me fit installer dans un studio très propre et mit en place une garde rapprochée. « A trente millions, on prend des précautions », répétait-il au personnel et aux vigiles. Cette surveillance était plus destinée à prévenir des vols qu'à empêcher mes initiatives. La douceur molle, quasi imbécile, de mon comportement leur confirma qu'ils avaient raison, que le danger viendrait de l'extérieur, jamais de l'intérieur. Mon seul dessein étant de rejoindre Fiona et son père, j'endormis la méfiance de mes gardiens en continuant à jouer la comédie de l'encéphale cramé.

Aristide Stavros se servait peu de moi. N'aimant pas les mondanités, il ne recevait pas souvent et il invitait beaucoup de monde à la fois. Je passai quelques soirées, nu, sur mon socle. On venait s'extasier. Parmi les remarques, revenaient surtout mon prix, qui fascinait les gens, et des banalités du genre : « C'est autre chose en vrai qu'en photo. Je le croyais plus grand. Je le voyais plus petit. Franchement, aimerais-tu avoir ça chez toi ? » Comme *La Joconde* de Vinci ou le *David* de Michel-Ange, j'avalais les crétineries sans broncher. Pour être une œuvre d'art célébrée et commentée par le monde entier, il faut soit être très bien élevé comme Mona Lisa, soit ne comprendre que l'hébreu ancien comme David, soit, comme moi, s'en foutre royalement. J'assurais donc très bien mon travail de star autiste.

Mes frères venaient de temps en temps à ces soirées. Quelque chose se dégradait en eux. S'ils n'étaient pas moins beaux, ils avaient perdu leur éclat. Cela venait-il d'eux ? Ou des admirateurs qui se pressaient moins ? Ils s'éteignaient. La drogue que leur fournissait Bob, l'attaché de presse, n'arrangeait pas les choses. Rienzi, l'aîné, avait pris l'habitude de venir se truffer le nez de poudre devant moi en prétendant m'admirer. Quant à Enzo, quoiqu'il reniflât moins, il me scrutait longuement avec désespoir, comme s'il cherchait je ne sais quel secret. Souvent je me demandais si, malgré son hébétude, Enzo Firelli n'était pas sur le point de me reconnaître. S'il avait voulu s'en assurer, il aurait dû me fixer dans les yeux. Or il demeurait là, devant moi, à me contempler sans me voir, les paupières ouvertes par les excitants plus que par l'intelligence.

Un jour, pourtant, il vint se coller à mon visage.

— Au fond, mon vieux, tu as trouvé la bonne place.

Je frissonnai mais mon regard resta figé, imperturbable, au-dessus de lui. Il se roula une cigarette avec difficulté.

— Ouais, tu as trouvé le travail peinard. Rien à branler. Rien à prouver. Tu te contentes d'être ce que tu es. Génial...

Il gâcha une deuxième feuille à rouler le tabac et commença, fébrile, à en plier une troisième.

— Moi aussi, tu vas me dire ? Ben non, pas comme tu crois. On dit une seule chose de moi, c'est que je suis beau. Et moi, qu'est-ce que j'en pense ? Quand je m'aperçois dans la glace, je ne vois pas quelqu'un de beau, je vois mon frère. Et mon frère, il ne me fait aucun effet. Alors... je me tape de ce qu'on dit sur moi et, en même temps, j'en vis. Tu comprends ça, toi ? C'est irréel...

La troisième cigarette finit aussi à terre. Sans cesse plus tremblants, ses doigts firent un quatrième essai.

– Je vieillis. Je fais déjà partie des vieux mannequins. Les jeunes arrivent derrière, qui nous piquent les contrats. Ça me fait peur et, en même temps, ça m'apaise. Je me dis que, dans quelques années, je serai débarrassé de moi. On ne dira plus que je suis beau, on dira... quoi ?... je ne sais pas... autre chose... peut-être rien... Rien ?

Il avait enfin réussi une sorte d'entonnoir chiffonné d'où sortaient des brins de tabac comme des poils dépassant d'une narine. Il l'alluma.

– Rien. On ne dira rien. Et ce sera ça, la vérité. Je ne suis rien. Je n'aurai été que par les autres. Et quoi ? Un état d'excitation chez des minettes frustrées pendant quelques secondes ? Tu parles d'une consistance. Après, on s'étonnera que je me drogue...

Il tira sur son joint et ses traits se détendirent à l'instant. Son masque devint moins nerveux, quoique plus cireux.

– Est-ce que ça vaut le coup de vivre ? J'ai une vie de con.

193

— Tu as une vie de con parce que tu es con, lui répondis-je.

Tout d'abord il haussa les épaules, émit un petit ricanement, expira la fumée qui, telle une langue blanchâtre, lui lécha le visage jusqu'au front. Alors qu'il avait la bouche ouverte pour répondre, ses pupilles se dilatèrent : il évalua ce qui venait de se passer.

— Tu parles ?

Je me tus et pris, lascivement, une autre position.

Il se déplaça pour tenter d'intercepter mon regard.

— Non, sérieux : tu parles ?

Je ne bronchai pas.

Il oublia sa cigarette et se mit à pousser des exclamations de chimpanzé.

On s'approcha. On demanda à Enzo ce qui arrivait.

— Il parle, dit-il en me montrant avec fierté comme s'il venait de m'inventer.

— Non, il ne parle pas, dit un des habitués.

— Il m'a parlé.

— Ah oui ? firent les gens goguenards en reniflant la fumée pour vérifier qu'il s'agissait bien de haschich. Et qu'est-ce qu'il vous a dit ?

— Que j'étais con.

Les invités échangèrent des sourires. Le plus courageux glissa :

— Ça ne manque pas de bon sens.

Aristide Stavros se joignit au groupe.

— Alors, êtes-vous séduit par ma dernière acquisition ?

— Il parle, s'exclama mon frère.

— Sûrement pas, fit le géant d'un ton sans réplique.

Bob, l'attaché de presse, saisit Enzo par les épaules et expliqua à la foule :

— Enzo est un peu surmené par les tournages, en ce moment.

Enzo baissa la tête, vaincu, et l'attroupement se dispersa. Bob et Enzo restèrent près de moi jusqu'à ce que, certain de ne pas être entendu, le professionnel de la communication pût déverser sa bile sur le mannequin.

— J'en ai assez de toi ! Tu t'enlaidis comme un pruneau sec, j'ai de plus en plus de mal à te vendre, et tu dépenses le peu de crédit qui te reste en débitant des sottises.

— Je t'assure que...

— Ma petite cocotte, je ne te demande plus qu'une chose pour les quelques mois de carrière qui te restent, ne prononce plus un mot. Ah, si tu pouvais être muet !

Il le planta là.

Enzo me contempla. J'étais muet. Comme lui. Pour la première fois, je me sentais une certaine familiarité avec mon frère : comme à toutes les apparences, fussent-elles belles ou monstrueuses, on ne nous demandait que de nous taire. Je changeai souplement de position et lui glissai à l'oreille :

— Les apparences ne sont que ce qu'elles sont, mon cher frère. Plates. Muettes. Elles ne doivent laisser apparaître qu'elles-mêmes. Les apparences n'expriment rien, elles appartiennent aux autres et ne leur sont tolérables qu'à ce prix.

Enzo pâlit, ouvrit la bouche pour pousser un long cri muet puis s'enfuit vomir aux toilettes.

En dehors de mes exhibitions, je cherchais les moyens de contacter Fiona et Hannibal. J'avais volé un annuaire pour découvrir leur téléphone ou leur adresse : en vain. J'avais réussi à m'isoler une heure dans un des bureaux pour pianoter sur le réseau Internet : j'y trouvai les références des rares galeristes qui proposaient ses toiles mais aucun accès direct. J'avais repéré sur une carte où était bâtie la demeure d'Aristide Stavros sur l'île : à l'exact opposé de celle de Zeus-Peter Lama ; même si je m'échappais, il me faudrait plusieurs jours pour rejoindre la plage. Comment faire ?

Par la télévision de mes gardiens, j'appris que Zeus-Peter Lama avait continué ses expériences. Un vaste documentaire révélait que, depuis quelques mois, plusieurs statues vivantes étaient sorties de son atelier. Je constatai avec stupeur qu'elles étaient encore plus horribles et extravagantes que moi. Lorsque la caméra s'attarda sur les visages déformés, je frémis : j'avais reconnu les yeux de certaines des beautés qui séjournaient à l'Ombrilic. La voix du commentateur annonçait que les nouvelles créations de Zeus avaient été conçues sur des jeunes femmes qui s'étaient portées volontaires. Ecœuré, je quittai la pièce.

L'épouse d'Aristide Stavros, une petite femme d'un seul bloc, sans ligne qui marquât la taille ou la poitrine, coiffée dès l'aube, méchée, manucurée, lookée et agressive, multipliait les scènes de ménage. Alors que le milliardaire travaillait sans répit, de cinq heures du matin à dix heures du soir, elle le traitait d'imbécile, d'incapable, de bon-à-rien.

Etait-ce l'effet de leurs disputes ? Le géant vieillissait et maigrissait à vue d'œil. Sa peau avait adopté un gris de papier mâché. Il recevait moins. Il ne parlait presque plus.

Un matin, l'épouse fit ses malles, emporta trente penderies de robes, deux cents caisses de chaussures et quatre coffres de bijoux.

La nuit, Stavros s'enferma dans son bureau. J'entendis un coup de feu, des bruits de pas affolés puis la sirène des ambulances.

Le lendemain matin, lorsque mes gardiens allumèrent leur poste de télévision, j'appris que le magnat s'était suicidé d'une balle de revolver. Motif ? Ses affaires allaient mal depuis des mois. Mauvais investissements. Endettement très fort. Il était ruiné. Sa femme s'était enfuie dans une contrée inconnue en emportant ce qui pouvait être sauvé. Etrange impression que découvrir par les informations ce qui se déroulait depuis des mois – et la nuit même – à quelques mètres de moi.

Ce jour-là les policiers envahirent la maison et, peu de temps après, les huissiers.

Avec différents meubles et tableaux, on me posa dans un camion. Puis on me déchargea dans un dépôt. Aucun huissier ne voulut entendre que je demandais d'autres soins qu'un marbre ordinaire. Je m'enveloppai dans des couvertures grises de déménagement, plus épaisses de poussière que de fibre laineuse, je m'aménageai un lit de fortune sur un sofa antique et ne dus qu'à l'obligeance du gardien, un brave homme, d'avoir un sandwich et de l'eau pendant quelques jours ; sans lui, je serais mort de soif et de faim avant la vente aux enchères.

Salle des ventes. Public nombreux. Plus de voyeurs que d'acheteurs. On voulait se régaler de la ruine d'un milliardaire. Son suicide ne suffisait pas à assouvir rancunes et jalousies. Les badauds souhaitaient aussi contempler les trésors qu'il avait perdus, mesurer la chute, comme s'il y avait une justice dans cette faillite, comme si la mise à l'encan de cette fortune accomplissait un acte de justice transcendante.

J'attendais dans un bric-à-brac. Les appariteurs allaient et venaient en déplaçant les pièces. Atmosphère morose. Les prix ne s'envolaient pas. Le commissaire-priseur s'époumonait comme s'il chantait de l'opéra devant une audience hostile. Solidarité des appariteurs avec le public. Ils avaient choisi leur camp. Du clinquant. Du tape-à-l'œil. Du sans-valeur. On nous fait déplacer de la brocante. Fichu métier. Donne-moi un verre de vin.

Ce fut mon tour. Numéro 164. Les quatre appariteurs se crachaient dans les paumes afin de me soulever lorsque je leur fis comprendre que je marchais. Surpris, presque furieux, ils m'encadrèrent et m'escortèrent jusqu'à l'arène.

L'assistance frémit lorsque j'entrai.

Je compris qu'on était surtout venu pour moi.

Mon socle fut apporté et je montai dessus.

Un silence épais accompagnait mes mouvements. En pivotant vers le public, j'aperçus Fiona au premier rang, les paupières humides, qui tenait le bras de son père aveugle. Je la redécouvris avec émerveillement. Elle me revenait avec le visage plus frais et plus beau que dans mes plus doux souvenirs. Mon cœur battait à grands chocs sourds.

Je plaçai mon regard au-dessus d'elle afin de ne pas me laisser contaminer par son émotion. Je reconnus dans les fauteuils beaucoup de personnalités qui m'avaient admiré et commenté chez mes deux propriétaires. Soudain, mon cou se figea et je sentis du plomb me couler sur l'échine : Zeus-Peter Lama, toutes dents et toutes pierres dehors, trônait sur un siège de l'allée centrale. Plus loin, mes frères, le teint cireux et le regard vitreux, affalés sur un banc, signaient avec une lenteur de somnambules un autographe à deux ex-jeunes filles de cent vingt kilos chacune. Derrière eux, exaspéré, Bob, sa laideur moulée et zippée dans une combinaison fluorescente qui offrait l'avantage paradoxal de le rendre visible et d'empêcher qu'on le vît, consultait sa montre en polyéthylène thermoplastique pour compter chaque seconde qui le séparait du moment où il allait enfin être libéré de ces deux épouvantables has-been, les frères Firelli.

Le commissaire-priseur s'éclaircit la voix comme s'il allait entamer son grand air puis se lança avec lyrisme dans mon histoire et ma description.

Zeus-Peter Lama y prêtait l'oreille avec jubilation, comme on imagine Dieu écoutant un *Gloria*.

Les enchères commencèrent.

Hannibal leva la main. Zeus enchérit. Hannibal leva de nouveau la main.

201

Entraînés, les acheteurs se lancèrent. Ils furent bien vite une trentaine. Fiona m'envoya un appel de détresse : elle et son père ne pouvaient plus suivre. Les amateurs se pressaient. J'étais une pièce maîtresse. J'allais pulvériser les records. Zeus renchérissait et surenchérissait pour grossir à chaque fois les sommes de manière significative. Lorsqu'elles atteignirent les vingt-cinq millions, il cessa d'intervenir, estimant qu'il avait assez soutenu sa création.

Mes frères ne bougeaient pas. Attendaient-ils le sprint final ? Avaient-ils l'intention d'investir en moi ? Non. Le combat se concentra entre un Japonais et un milliardaire texan. Ces deux-là se jetaient les chiffres à la figure comme des coups de poing. L'atmosphère se tendait.

Soudain, un homme en costume râpé se glissa dans l'allée et vint tendre un papier au commissaire-priseur. Celui-ci devint écarlate, protesta à voix basse. L'homme sec insista. Furieux, le commissaire-priseur prit le public à témoin.

– L'Etat veut exercer son droit de préemption sur *Adam bis*, l'œuvre de Zeus-Peter Lama.

– Non, répliqua le fonctionnaire, l'Etat ne veut pas exercer son droit. Il l'applique. Nous vous avions envoyé un courrier.

– Je n'ai rien reçu de tel, glapit le commissaire-priseur.

– Ne jouez pas au plus bête avec l'Etat, vous n'êtes pas sûr de gagner.

– Scandaleux ! Vous me dépouillez. Je suis obligé de vous céder le tableau à son estimation. Au prix le plus bas. Dix millions ! Dix millions un tableau qui allait partir à trente-cinq !

– Dix millions, exactement, comme convenu. Voici le chèque.

– C'est un abus de pouvoir intolérable !

Des cris de protestation jaillirent de partout. Le petit homme vira sur lui-même et, sans se démonter, toisa l'assemblée du haut de son mètre quarante. Sa dignité et son silence firent comprendre à chacun que la loi était la loi.

L'agitation mollit.

Je fus déclaré propriété d'Etat.

Le conservateur arriva à son tour. Il annonça aux journalistes qu'on me destinait au dernier étage du Musée national et que j'y serais visible, pour la modique somme de cinq roublars, dès la semaine suivante.

Zeus-Peter Lama jubilait de pénétrer dans la plus noble collection du pays. Fiona et Hannibal étaient en larmes. Nous évitions de nous regarder. Ils sortirent les premiers.

Pendant que la salle se vidait, Rienzi Firelli emprunta le couloir et fut soudain agité de secousses. Ses membres se raidirent sous l'effet de coups invisibles qui semblaient portés à l'intérieur de son corps ; ses yeux se révulsèrent ; sa bouche se couvrit d'écume et il tomba sur le sol.

Bob se précipita pour le relever. Enzo, lui, regardait la scène d'un air morne.

– Il est mort ! s'exclama Bob. Mort ! Mort !

Bob se mit à pousser de superbes hurlements – on n'est pas professionnel de la communication pour rien – qui ameutèrent badauds et clients.

– Mort ! Rienzi Firelli vient de tomber raide mort ! Une overdose foudroyante ! Ce monde trop dur l'aura détruit !

Enzo, demeuré debout, fixait le cadavre de son frère avec haine. Il enviait déjà son trépas. Crispé, fermé, les lèvres serrées, il lui reprochait d'avoir réussi à finir avant lui.

Photographes et journalistes s'agitaient autour de la charogne.

Les appariteurs choisirent ce moment pour m'évacuer, craignant que la foule ne m'endommageât.

En passant devant Bob, je l'entendis souffler à l'oreille d'Enzo :

– Je te reprends sous contrat, mon caramel. Un deuil comme cela, bien géré, ça peut nous faire vivre au moins deux ans.

Le conservateur du Musée national était un jeune vieux garçon. Spécialiste de la peinture italienne du XVe siècle, polyglotte, cultivé, il vivait avec une chatte et neuf mille livres anciens reliés plein chagrin. Tiré à quatre épingles, sentant la benzine et l'eau de Cologne, sanglé dans des costumes trois-pièces aux plis lisses et brillants, les cheveux peignés et reluisants, il était d'une propreté si maniaque qu'elle le rendait terne, gris, en même temps qu'elle le vieillissait. Doté d'un vaste appartement au dernier étage du Musée, il lavait, amidonnait et repassait lui-même son linge tant lui était insupportable l'idée qu'on touchât à ses affaires. Mademoiselle Sarah, son félin angora, était le seul être dont il tolérait les fantaisies ; il lui portait un amour extasié qu'elle daignait recevoir, ses rapports avec le reste du monde se limitant au minimum fonctionnel et courtois.

Plutôt réactionnaire dans ses goûts artistiques, il n'approuvait guère mon achat qui lui avait été imposé par le gouvernement et qui absorbait son budget des deux années à venir. Lorsqu'il vint me chercher à l'hôtel des ventes, il n'eut qu'un regard agacé pour moi.

— Mon Dieu, s'écria-t-il derrière ses lunettes cerclées par un fil d'or, on appelle ça de l'art ? Quelle vulgarité ! Quelle décadence ! Pourquoi a-t-il fallu que j'appartienne à cette époque ?

Sa condescendance vira à la fureur quand, une fois que je lui fus livré au Musée, on lui expliqua qu'il devait me loger.

— Comment ? Je n'ai jamais entendu quelque chose d'aussi absurde. De toute façon, il n'y a qu'un seul logement ici : le mien !

Je m'amusais de la scène sans rien dire car j'avais décidé d'être muet le plus longtemps possible. Devant son personnel et les délégués du ministère, il hurla, tempêta, sa voix s'envolant dans les aigus par exaspération, puis il fut bien forcé d'admettre cette nécessité : me donner la chambre d'hôte que comprenait son logis de fonction.

— Il n'empêche. J'écris sur l'heure au ministre pour protester. On ajoute des vicissitudes à mon poste. Je ne mérite pas ça. On doit débloquer des crédits pour loger cet... cet... *Adam bis*.

Lorsqu'il referma sur nous la porte de son appartement, il bondit au salon pour annoncer la situation à Mademoiselle Sarah et s'en excuser. La chatte, qui avait fini de se pourlécher et se bichonnait du bout de la patte son museau rose, sembla bien recevoir ses explications et se montra accommodante jusqu'au moment où elle me vit. Ses poils se hérissèrent, elle doubla de volume et se mit à souffler. Sa queue fouetta l'air, une sorte de roucoulement lui gonfla la gorge et elle courut se cacher sous le buffet.

– Et voilà, cria le conservateur avec désespoir, et voilà ! On piétine mon intimité ! On détruit ma vie privée !

Il s'aplatit sur le plancher afin de parlementer avec Mademoiselle Sarah, qui, toutes griffes dehors, lui crachait aux narines en ne voulant plus rien entendre.

Pas mécontent du tour que prenaient les événements, je les abandonnai pour m'enfermer dans ma chambre. J'avais un plan précis : rendre la cohabitation si infernale que le conservateur me supplierait un jour d'aller habiter ailleurs.

A la première heure du premier jour, alors que

je montais sur mon socle chauffé par les spots,
je trouvai Fiona en face de moi.

— Adam, je t'en supplie. Reste silencieux. J'ai
très peu de temps.

Je m'attachai à conserver mon équilibre car la
surprise avait failli me faire tomber des planches.
Puis je me recroquevillai sur moi-même. Devant
Fiona, je venais de me rendre compte que j'étais
nu et j'en avais soudain honte. Elle le remarqua.

— Adam, s'il te plaît. Continue comme si ce
n'était pas moi sinon on va nous repérer.

J'adoptai une position qui me permettait de
voir Fiona sans lui permettre de tout voir de moi.
Elle sortit un bristol de sa manche.

— Sur cette carte j'ai écrit mon adresse et mon
numéro de téléphone. Je... je pense à toi... sans
cesse...

— Moi aussi, je pense à toi, dirent mes lèvres.

Elle déposa la carte sur mon podium et je la
dissimulai en la recouvrant de mon pied.

— Merci, murmurai-je.

Ses yeux cherchèrent les miens, s'attardèrent.

— Appelle-moi, fit-elle sur un souffle.

J'avais la gorge nouée. Un frémissement par-
courait mes membres. J'entendis ma propre voix

comme une voix inconnue, balbutiant du fond d'une jungle touffue, dense et lourde.

– Je t'aime, Fiona.

La rougeur éclata sur ses joues, telle une bombe de feu d'artifice, elle eut un soupir, baissa les cils et s'enfuit.

Dès lors, ma décision se renforça : je devais au plus vite exacerber les nerfs du jeune et élégant conservateur.

Je n'eus ni à me forcer ni à attendre. Insupportable aux prunelles dorées de Mademoiselle Sarah qui sifflait, écumait, déchiquetait et cardait les fauteuils dès qu'elle m'apercevait, je l'indisposais tant qu'elle vint, en mesure de représailles, à pisser sur les livres les plus précieux de son maître. Celui-ci, en découvrant ses incunables amollis, déteints voire perforés par l'urine fumante et vengeresse de la chatte, comprit qu'il était devant un ultimatum : choisir entre elle ou moi. Même si je passais plusieurs heures par jour sur mon socle dans la grande salle du Musée, la promiscuité avait été décrétée impossible par la chatte. Et sa vindicte ne s'arrêterait pas là...

J'entrai alors dans le bureau du conservateur qui pleurait sur ses livres détruits ou son amour perdu et je m'assis en face de lui.

— Ça ne peut plus durer, dis-je.

Effrayé, il porta sa main à son cœur. Je le rassurai vite.

— Oui, je parle. N'ayez pas peur. Depuis des mois, je préfère faire croire que je suis muet mais je parle et je pense.

Il m'écoutait comme un prodige.

— Voici. Vous avez un très joli petit chat...

— C'est une chatte, corrigea-t-il.

Son premier réflexe fut de vérifier que la rancunière Mademoiselle Sarah n'était pas dans la pièce pour entendre mon erreur.

— Donc, vous avez une très jolie chatte qui ne me tolère pas. Ça tombe bien : je ne tiens pas à vivre ici. Je vous propose de me permettre de loger où je veux.

— Je n'en ai pas le droit.

— Certes, vous n'en avez pas le droit. Cependant vous en avez très envie. Je reviendrai chaque matin une demi-heure avant l'ouverture du Musée pour donner l'impression de descendre de chez vous, et je partirai en douce, de même, chaque soir, une demi-heure après la sortie. Qu'en pensez-vous ?

— Où irez-vous ?

— Chez Carlos Hannibal et sa fille.

— Carlos Hannibal, le peintre ?

— Vous le connaissez ?

— Je pense bien. C'est selon moi le meilleur artiste de notre époque quoique personne ne semble s'en rendre compte.

— Si. Vous, sa fille et moi. Cela veut dire que nous sommes de la même race. Cela veut dire que nous pouvons partager un secret.

Il approuva de la tête. La mention de Carlos Hannibal avait instauré une soudaine confiance entre nous.

— Savez-vous que je risque mon poste, si j'accepte ?

— Que préférez-vous ? Perdre votre place ou bousiller votre vie avec Mademoiselle Sarah ?

A cet instant, on entendit des bruits de chute dans le salon. Mademoiselle Sarah était en train de faire tomber systématiquement les vases de cristal.

— D'accord, dit le conservateur épouvanté, suivons le plan que vous avez proposé.

Je me couvris de vêtements très amples, descendis par l'escalier de service et, le cœur battant, la tête en feu, les tempes sifflantes, marchai jusqu'à la demeure de Fiona.

C'était un soir triste et doux, un soir d'après

211

l'orage, où les nues d'un gris laiteux éteignaient toute espérance de soleil. Les feuilles pendaient des arbres, comme endolories.

Je sortis de la ville pour progresser à travers le maquis en faisant craquer les branches. J'aperçus, en retrait de la plage, solitaire, la petite maison de Fiona, blanche et bleue, couverte d'ardoises, flanquée de deux vérandas qui lui donnaient des airs de résidence coloniale. Le ciel, insensiblement, s'enfumait de tons sombres et exquis à mesure que la nuit tombait. Quelques mouettes, les ailes en arc, finissaient leur ronde, entrelaçant leurs orbes et les stridences de leurs cris.

Avant que je n'aie frappé, Fiona apparut sur le seuil et me sauta au cou.

— Enfin, me murmura-t-elle à l'oreille.

Hannibal ne savait pas non plus comment me dire sa joie.

Fiona nous fit à manger. Nous parlâmes jusqu'à une heure avancée, de tout, de rien, comme s'il était normal que nous nous retrouvions ici. Puis Hannibal s'enfonça dans son atelier où nous l'entendîmes déplacer des cadres.

— Ah, la voilà ! cria-t-il.

Il revint à la cuisine et me présenta un tableau. En le voyant, j'eus la respiration coupée, je crus que mon cœur allait s'arrêter de battre. Comment était-ce possible ? D'où venait ce prodige ?

– Mais... qu'est-ce que... je ne peux pas croire...

Hannibal me sourit.

– Je te l'avais promis. Il m'a occupé plusieurs semaines. J'ai dû m'y reprendre à plusieurs fois avant d'avoir la sensation d'y arriver. Voilà. Je te l'offre pour que tu me pardonnes de t'avoir fait souffrir, un jour, sur la plage, en insultant la sculpture de Zeus-Peter Lama, faute de savoir qu'il s'agissait de toi. Je t'ai peint tel que je te vois.

Mes yeux se reposèrent sur la toile, incrédules.

– C'est impossible, murmurai-je. On vous aura renseigné. Vous avez eu des documents...

– Ta voix. Ta présence. Tes réflexions. Ta gentillesse. J'ai imaginé à partir de ce que j'avais expérimenté de toi.

Je repoussai le tableau pour me lever, oppressé. Les larmes me piquaient les paupières.

– C'est injuste. C'est trop injuste...

Je tournai autour de la table, incapable de dire autre chose, les lèvres agitées de tremblements.

– Que se passe-t-il, mon garçon ? Aurais-je encore fait, sans m'en rendre compte, quelque chose qui te choque ?

— C'est épouvantable. Vous m'avez peint tel que j'étais avant. Exactement tel que j'étais. Et comme je ne serai plus jamais.

Je m'écroulai sur l'évier, la tête entre les coudes, secoué par les sanglots. Non seulement Hannibal m'avait dessiné tel que j'avais été, mais il m'avait représenté doté d'une grâce qui me rendait sinon beau, du moins touchant, émouvant. Pourquoi ne m'étais-je jamais vu avec ces yeux-là ?

Fiona m'entoura de ses bras. J'eus subitement très chaud. Elle absorbait mon chagrin.

Je me remis. J'embrassai Hannibal qui nous souhaita une bonne nuit, et Fiona et moi montâmes dans la chambre mansardée aux longs parquets craquants où elle s'étendit contre moi sur le lit étroit.

— Fiona, me vois-tu, toi aussi, avec des yeux d'aveugle ?

— Ce sont les yeux de l'amour.

Sans un bruit, nous nous sommes déshabillés avec lenteur, presque religieusement, et nous avons fait l'amour pour la première fois.

Le bonheur demande des phrases brèves. J'étais heureux. Fiona l'était. Et Hannibal aussi, que notre amour rendait fécond et qui peignait beaucoup.

Quoique le conservateur culpabilisât de me voir partir chaque soir, il préférait s'accommoder de ses remords plutôt qu'affronter la colère de Mademoiselle Sarah.

Il me réprimandait pour la forme.

– Vous êtes bronzé. Comment est-ce possible ?

– J'ai accompagné Hannibal et Fiona sur la plage, lundi, pendant le jour de fermeture du Musée.

– Mon Dieu ! Si on le découvrait ! Une propriété de l'Etat qui va s'exposer à la plage.

– Encore heureux que j'étais nu ! ajoutai-je. Imaginez-moi avec des traces de maillot.

– Mon Dieu ! N'avez-vous pas pris de coups de soleil ?

– Fiona m'avait enduit d'huile protectrice.

– Horreur ! Une propriété de l'Etat qu'on enduit de crème bronzante ! C'est un sacrilège.

– Nous nous sommes baignés.

– Inconscient, taisez-vous ! Si on venait à découvrir qu'une des œuvres d'un Musée sous ma responsabilité s'est trempée dans l'eau salée, je serais révoqué sur-le-champ.

Je lui racontais ce qui pouvait le choquer, non

pour qu'il se révolte, mais pour qu'il s'y habitue. Rassuré, il m'accordait de plus en plus de tranquillité et c'est ainsi qu'il accepta l'idée que, pendant la fermeture annuelle du Musée, je pusse m'installer chez Fiona.

— Moi-même j'ai promis à Mademoiselle Sarah de l'emmener à la pêche en rivière, au centre du pays, m'avoua-t-il en rougissant. Elle en raffole. Elle ne rate jamais la truite ou le goujon qui passent à portée de patte.

Lorsque ma permission fut enfin accordée, Fiona décida que nous ferions un voyage en Inde pour visiter les temples de l'amour. Hannibal nous supplia de partir seuls en promettant qu'il parviendrait à subvenir à ses besoins pendant une semaine. Par délicatesse, il insista tant que nous avions presque l'impression qu'il nous mettait dehors et que c'était lui, pas nous, qui avait besoin de solitude.

Je tremblais à la fois d'excitation et de peur en faisant enregistrer mes bagages. N'ayant plus de papiers officiels d'identité, j'avais accepté que Fiona me fasse confectionner un passeport par une amie secrétaire de préfecture. On y voyait ma photo, « Adam » passait pour mon prénom, « Bis » pour mon nom de famille. Ma date de naissance était la bonne, ma taille et la couleur de mes yeux aussi et l'on avait marqué, après maintes réflexions, « agent artistique » comme profession. L'hôtesse l'accepta en m'adressant un large sourire, puis le douanier. J'eus du mal à franchir les portes de sécurité à cause des multiples broches en métal qui m'avaient été insérées lors de ma métamorphose et qui déclenchaient les hurlements des détecteurs. Après trois fouilles de mes vêtements et quatre palpations, on finit par me laisser passer. Fiona et moi nous pressions les doigts en attendant de monter dans l'avion, muets de bonheur, le visage éclairé d'espoir.

Au moment d'embarquer cependant, trois policiers m'interpellèrent.

– *Adam bis* ne part pas.

– Pardon ?

– Propriété de l'Etat. Il n'a pas le droit de quitter le sol national.

– Je ne...

– Vous ne discutez pas et vous nous suivez. Nous vous ramenons au Musée.

Fiona se jeta sur eux en hurlant, je crus qu'elle allait les griffer jusqu'à la mort et ils furent plus occupés à la maîtriser qu'à m'emmener.

Le conservateur et sa chatte furent rappelés

d'urgence. Un commissaire du gouvernement découvrit de quelle façon cavalière il avait assumé sa charge et son renvoi fut décidé.

On nomma à sa place quelqu'un qui n'avait aucune culture artistique mais des compétences spécifiques en matière de sécurité et d'observance du règlement.

Quand M. Durand-Durand entra dans le bureau, je compris que mon pire ennemi venait de débarquer. Le pan heureux de ma vie s'effondrait et les problèmes allaient reprendre, sinon s'aggraver.

— D'abord, j'instaure un triplement des effectifs de gardes. Ensuite, je réclame que l'objet soit marqué électroniquement. Enfin, j'exige que l'on nomme deux restaurateurs spécialement affectés à cette œuvre, l'un qui soit diététicien afin que l'ouvrage ne grossisse pas, l'autre professeur de gymnastique afin que la création puisse assurer son service. Quant au logement, je propose qu'on aménage une cellule, dissimulée au public, à l'étage même où il est exposé. On lui servira ses repas à travers les barreaux.

— Je suis un homme, pas un prisonnier, m'exclamai-je.

— Vous êtes une propriété de l'Etat. J'ai les papiers qui le prouvent.

— On ne traite pas un être humain de cette façon.

— Vous n'avez pas grand-chose d'humain. Au reste, vous avez signé une décharge de votre humanité à Zeus-Peter Lama. J'ai la photocopie dans mon dossier.

— Il s'est écoulé du temps depuis et je...

— Je ne vous demande pas votre avis, pas plus que je ne vous informe. J'explique à mes équipes comment nous devons organiser notre travail.

Le jour de ma réouverture, Fiona se présenta à la première heure. Elle attendit que le flot des groupes scolaires fut parti pour venir me parler.

— Adam, je viens de consulter plusieurs avocats. Ils sont très perplexes. Tu n'es plus un homme, selon eux.

— Mais enfin je parle, je pense, j'aime.

— Bien sûr. Pourtant tu as rédigé avec Zeus ce contrat selon lequel tu devenais une œuvre. Puis tu as été l'objet de plusieurs ventes. Surtout, tu appartiens désormais à l'Etat. Les avocats contactés ont peur de s'attaquer à l'Etat. Ils m'assurent qu'on ne gagne jamais contre l'Etat. Sauf un.

— Qui ?

– Maître Calvino. Il serait prêt à prendre le risque.

– Amène-le-moi.

– Il exige d'abord qu'il y ait plainte.

– Je vais porter plainte.

– Tu ne peux même pas. Tu n'en as pas juridiquement le droit. Tu n'es plus personne, Adam. A part pour moi et mon père, tu n'es plus personne.

Un nouvel arrivage d'étudiants entra dans ma salle et balaya Fiona.

Etait-ce la contrariété ? Avais-je attrapé un virus ? Quelque bactérie avait-elle infecté ma pitance ? La fièvre me donnait des gifles. Un coup le froid. Un coup le chaud. Je claquais tellement des dents qu'à l'heure de la fermeture je tombai de mon socle, inanimé.

Durand-Durand, alerté par un gardien, vint me visiter dans ma cellule, me prit le pouls, la température puis siffla avec mépris :

– Une vulgaire grippe. Rien d'autre. Je vais vous donner les médicaments que je prends dans ce cas-là.

Il ajouta une grimace appuyée signifiant :

« Vous constatez que je ne me moque pas de vous, que je vous soigne comme moi-même, de quoi vous plaignez-vous ? » et me fit absorber un plâtre au goût de citron.

— Reprenez-en autant que vous le souhaitez. C'est souverain.

La potion me fit un peu d'effet. Les frissons s'estompèrent pendant les jours suivants, ne laissant plus qu'un malaise sourd, généralisé.

Fiona revint avec Mᵉ Calvino devant mon socle.

Profitant de la distraction des gardiens, celui-ci m'interrogea quelques minutes sur mes conditions de vie, cherchant la faille qui permettrait d'intenter une action judiciaire.

Mᵉ Calvino avait l'énergie des hommes petits. En aplatissant ses cheveux et en les coupant très courts, il cherchait à cacher ses origines en partie africaines. Sa voix, aggravée par le tabac, résonnait avec force en se servant de son buste puissant comme d'une caisse de résonance pour faire vibrer ses sonorités de violoncelle. Quoi qu'il dît, on l'écoutait, tant les graves profonds et les harmoniques de son timbre, par un effet de sortilège, séduisaient dans l'instant.

Fiona nous écoutait converser. Je la trouvais pâle. Etait-elle souffrante, elle aussi ?

— Non, décidément, conclut l'avocat, je vois bien comment développer l'affaire mais pas au nom de quoi la commencer. Ce qui nous man que, c'est le motif de la plainte.

Les gardiens s'approchèrent de Me Calvino.

— On ne parle pas avec les œuvres d'art !

— Excusez-moi, fit-il avec humilité.

Lui et Fiona passèrent dans la pièce suivante, attendirent que les gardiens relâchassent leur sur veillance, puis revinrent vers moi.

A cet instant-là, Fiona trébucha et glissa sur le plancher.

Je sautai de mon socle pour la relever.

Elle ne bougeait pas. Elle était évanouie.

Je me penchai vers elle, je l'embrassai, je lui dis des mots tendres.

Les gardiens me foncèrent dessus.

— Les sculptures ne descendent pas de leur socle !

— Foutez-moi la paix ou je cafte au conserva-teur que vous fumez pendant le service.

Les gardiens furent arrêtés par mes menaces. Ils réfléchirent.

Pendant ce temps, Fiona rouvrit les paupières.

Elle me regarda, sourit et porta sa main à son ventre.

— En ce moment, je m'évanouis souvent.

Je n'osais croire à ce qu'elle sous-entendait. Elle me le confirma :

— Je suis enceinte.

J'étais bouleversé. Une marée de larmes, chaudes et molles, me montait dans la gorge ; j'étais gonflé par elle, au bord de l'étouffement, et je m'effondrai à mon tour, cédant à l'émotion. Les sanglots débordaient.

La voix puissante, timbrée de Me Calvino résonna derrière.

— Elle est enceinte. Voilà la solution !

Fiona et moi, les yeux embués, nous tournâmes vers lui sans comprendre. Il jubilait en sautillant.

— Eh oui ! Fiona va porter plainte parce que l'on empêche le père de son enfant d'assurer son rôle. Nous tenons notre procès !

La nuit suivante fut éprouvante. Alors que j'avais toutes les raisons de me réjouir, puisque j'entrevoyais une procédure qui me rendrait la liberté en me permettant de vivre avec Fiona et mon enfant, je me tournais et me retournais dans mes draps trempés de sueur. Revenue, la fièvre aiguisait mes pensées négatives. Je ressassais de minables tentatives d'évasion, je remâchais un sentiment d'impuissance. Avec terreur, je n'apercevais ni le bout de la nuit ni la suite de ma vie.

En me levant, je remarquai des traces jaunâtres et grasses en différents endroits de mon lit. Au même moment, je ressentis des démangeaisons. Je me tâtai et l'explication de ces deux phénomènes surgit à ma conscience essorée par l'insomnie : du pus gouttait de mes cicatrices.

Que se passait-il ? Non seulement les coutures s'étaient ouvertes mais les plaies laissaient s'écouler un liquide épais qui charriait des débris et me brûlait jusqu'à l'insupportable.

Je pris une longue douche froide, j'appliquai de l'alcool aux scarifications les plus douloureuses, je les maquillai avec du talc et, sans dire un mot à personne, je partis au travail.

A peine posais-je depuis cinq minutes sur mon socle que je pris une décision. Sans prêter attention au tapis d'enfants qui, sous la direction de leurs institutrices, bâillaient consciencieusement en me lorgnant, je sautai sur le plancher et marchai vers la sortie.

– Halte ! cria un gardien.

Je continuai comme si je n'avais pas entendu.

– Halte ! répéta-t-il en s'interposant, les bras écartés.

Je le bousculai et passai dans la pièce suivante.

– Alerte ! Alerte !

Une sonnerie gronda. Les enfants poussèrent des cris stridents, entre l'angoisse d'ignorer ce qui arrivait et l'excitation d'apprendre qu'il arrivait enfin quelque chose. Des bruits de pas lourds et désordonnés résonnèrent dans le couloir central.

Je me retrouvai face à une rangée de gardiens qui, se tenant les coudes, me barraient le passage.

Sans ralentir ma marche, j'avançai vers deux d'entre eux et leur décrochai des coups de pied précis dans les parties. Pliés sur eux-mêmes, ils rompirent la chaîne que je franchis.

– Maîtrisez-le vite ! Vite !

Le nouveau conservateur, Durand-Durand, venait de débouler dans le hall. Il organisait la contre-attaque. Quelques gardiens me tombèrent sur le dos. Je me mis à hurler et, soulevé par une énergie que je ne me connaissais pas, je les envoyai un à un valser contre les murs. D'autres s'abattirent sur moi, plus nombreux, et je me secouai si bien que, de nouveau, je les

225

éjectai. J'avais compris le principe de ma puissance toute neuve : il me suffisait de penser à Fiona, à son ventre doux, à notre futur bébé, pour devenir invincible.

Je franchis le portail et me retrouvai dans la rue. Durand-Durand, écarlate, les veines du cou prêtes à éclater, saisit le pistolet d'un vigile et le dirigea vers moi.

— N'avancez plus ou je tire.

— Vous n'allez pas trouer le chef-d'œuvre du Musée. Vous êtes conservateur, oui ou non ?

— J'accomplis mon devoir.

— Votre devoir est de ne pas endommager les œuvres.

Pendant ce temps-là, je continuai à marcher. La foule des passants se fendait devant moi. Certains me découvraient, médusés ; d'autres se protégeaient dans leur voiture ou dans les magasins comme si j'étais un tigre sorti de sa cage.

Soudain j'entendis une détonation et je ressentis une douleur dans le mollet. Je tombai malgré moi.

Durand-Durand avait fait feu. Il s'approcha de moi, l'arme fumante, escorté par des gardiens.

— Mon premier devoir est d'empêcher la disparition des œuvres.

On me déposa dans une civière.

— Portez-le à l'atelier de restauration et mettez un panneau au dernier étage avec cette inscription : « Fermé temporairement pour cause de travaux ».

Je restai une semaine à l'infirmerie du Musée, gardé même la nuit par des hommes armés de fusils qui pouvaient lancer des seringues bourrées de somnifères.

Durand-Durand passait me voir trois fois par jour pour me reprocher de ne pas cicatriser et de ne pas me remettre assez vite de ma blessure à la jambe.

L'infirmier avait remarqué mes étranges suppurations aux coutures. En me soignant, il me signala d'autres phénomènes alarmants sur mon corps : les implants de collagène se déplaçaient, les renforts s'affaissaient, les liquides destinés à gonfler tel membre se répandaient de manière anarchique sous ma peau, des œdèmes se formaient là où le docteur Fichet avait soudé des prothèses.

— Avec quelques antibiotiques, ces inflammations devraient cesser, dit-il.

J'acceptai ses médicaments mais je savais qu'il se produisait quelque chose de plus grave que ce qu'il imaginait : le corps d'*Adam bis* était en train de se décomposer.

Lorsque je pus marcher, Durand-Durand sembla soulagé et annonça au personnel :

— Nous rouvrons la grande salle dès demain. Annoncez-le à la presse et enlevez le panneau « Fermé pour travaux ».

— Il était temps, monsieur le conservateur, les gens demandaient le remboursement des billets.

Je me rassis sur mon lit et fit signe au conservateur de s'approcher.

— N'engagez pas de frais d'annonces. *Adam bis* n'ira plus sur son estrade, monsieur Durand-Durand.

— Et pourquoi cela ?

— Parce que je veux rentrer chez ma femme qui est enceinte. Avez-vous des enfants, monsieur Durand-Durand ?

— N'essayez pas de m'embrouiller les idées. Je n'ai même pas à discuter avec vous. Vous appartenez au Musée national. Vous serez dans votre salle à l'horaire légal. Si vous tentez quoi que ce soit, les gardiens tireront sur vous.

— Très bien. A vos risques et périls.

228

Le lendemain, j'occupai ma solitude à dissimuler mes suppurations avec du talc puis j'attendis mes bourreaux. On m'escorta à mon socle comme on conduit un condamné au mur devant lequel on le fusille ; j'avançai entouré de gardes, les armes levées, dans un silence lourd où ne manquait qu'un roulement de tambour.

Je me mis à mon poste et les vigiles se disposèrent aux quatre coins de la salle, bloquant aussi les deux issues.

Lorsque le Musée ouvrit, j'attendis que la foule fût compacte puis, ainsi que je l'avais prévu, je fis sous moi...

L'odeur précéda la vue. Une puanteur entêtante saisit les visiteurs. Figés pendant quelques secondes, n'osant pas en croire leurs narines, ils se regardèrent d'abord avec reproche, chacun cherchant le coupable chez son voisin tant les vapeurs méphitiques semblaient puissantes et proches. Une mère gifla son gosse qui se mit à pleurer comme une victime innocente. Des protestations jaillirent. On fixa le sol avec suspicion, les plus honnêtes retournèrent leurs semelles, les plus angoissés portèrent une main à leur bouche. Soudain une femme vomit, en entraînant d'autres. Des petits déjeuners à peine mâchés

s'entassèrent sur le plancher, ajoutant des pesti-
lences plus fades à ma tonique fétidité. Cependant ma merde triomphait, puante, stupéfiante,
écœurante, formidable, impériale. J'aurais vomi
si je n'avais pas été moi-même à l'origine de cette
infection ; or, comme tout auteur, j'avais des
complaisances pour mon œuvre.

Enfin une petite fille me désigna du doigt.

– C'est lui !

D'horreur, le cercle s'élargit autour de moi.
On se repoussait. On s'éloignait. Une femme prit
un ton outré.

– Quand même, au prix que vous nous faites
payer l'entrée, vous pourriez nettoyer.

Elle apostrophait les gardiens qui avaient porté
leur mouchoir à leur nez. Son accusation fut
reprise par les autres visiteurs, soulagés de découvrir un coupable et des responsables.

Interloqués, les gardiens ne virent pas venir
l'émeute. Le ton monta. On ne s'occupait plus
de moi. Peut-être allais-je pouvoir fuir ?

La voix de Durand-Durand tonna :

– Qu'est-ce que ce vacarme ? Messieurs, pourquoi restez-vous plantés là ? Allez immédiatement nettoyer la statue de Zeus-Peter Lama.

Le public s'apaisa et les gardiens m'approchèrent, dégoûtés. Je compris ce qui me restait à accomplir : je me couchai sur mes excréments et, ricanant, je m'en enduisis le corps.

— Neutralisez-le et faites évacuer l'étage, cria Durand-Durand.

Très vite, je ressentis une piqûre et je pus m'endormir.

A mon réveil, je trouvai Durand-Durand assis au bord de mon lit. Les sourcils froncés, la jambe secouée d'impatience, ses doigts pianotant avec nervosité une de mes prothèses, il me compulsait comme un dossier pénible. Sa secrétaire, Mlle Cruchet, une symphonie de roses sous une permanente blonde, la peau brune rissolée par le soleil, attendait, un crayon à la main, prête à noter quelque nouvelle pensée directoriale.

Je m'assis contre mes oreillers en claquant la langue pour attirer son attention.

— Je ne me lèverai plus. A partir d'aujourd'hui, je fais grève.

— Vous n'en avez pas le droit.

— Tout le monde a le droit de faire grève. Même vous.

— Les objets n'ont pas le droit de grève.

— Je ne suis pas un objet.

— Les œuvres d'art n'ont pas le droit de grève, si vous préférez, ajouta-t-il en haussant les épaules.

Il sortit un journal de sa poche intérieure, le déplia et me le montra.

— Quelle est cette histoire de procès ?

Je découvris avec joie que Fiona avait déposé sa plainte, qu'elle avait été reçue par un juge et que les journaux se donnaient le plaisir de s'en faire l'écho. Dans les colonnes, on citait l'avocat, le tonnant Me Calvino, qui dénonçait le scandale humanitaire.

— Je veux vivre avec ma femme. Elle va avoir un enfant. Je vous l'ai déjà expliqué.

— Jamais entendu une histoire si absurde. Vous avez déjà connu ça, vous, mademoiselle Cruchet ?

Constamment en accord avec son patron, Mlle Cruchet haussa les sourcils, ce qui faillit faire tomber ses lunettes saumon en forme de papillon. Je croisai les bras — ou ce qui m'en tenait lieu.

— Pensez ce que vous voulez, monsieur Durand-Durand. Je ne m'exhiberai plus.

— Je vais vous dénoncer.

— Et puis ?

— Vous faire arrêter.

— Et puis ?

— Vous boucler en prison.

— Bravo, n'hésitez plus, foncez, c'est le dessein que je forme. Si vous m'accusez, c'est que je suis un homme. Si on me flanque en prison, c'est que je suis un homme. Si je deviens coupable, c'est que je suis un homme. Allez-y. Portez plainte. Dénoncez-moi.

Il se gratta la nuque et Mlle Cruchet, par sympathie, mordilla son crayon fuchsia.

— Je suis un gestionnaire responsable. Vous me posez un redoutable problème professionnel.

— Ecoutez, monsieur Durand-Durand, envisagez les choses à votre niveau. Il arrive qu'une toile se fragilise ou qu'un vernis craque, non ?

— Oui.

— Que faites-vous dans ces cas-là ?

— J'enlève la pièce du Musée et je la confie aux restaurateurs.

— Eh bien ?

— J'ai compris ! Je laisse ouverte votre salle, je pose une plaque de cuivre : « Objet affecté à l'atelier de restauration » sur le socle et je classe votre dossier. Cruchet, j'ai trouvé !

Le front lisse, il rayonnait de posséder l'essentiel : une solution administrative. Mlle Cruchet, elle, rougissait que son patron l'ait appelée par son seul nom, émue de voir la barrière du « Mademoiselle » tomber, aussi bouleversée que s'il lui avait soulevé la jupe.

— M'autorisez-vous les sorties ? conclus-je.

— Sûrement pas.

— Je vous explique que ma femme...

— Ah, ça suffit. Je ne discute pas avec les œuvres. Et encore moins avec les œuvres abîmées.

Il sortit sans seulement soupçonner à quel point il avait raison. Malgré les traitements que m'administrait l'infirmier, la fièvre ne me quittait plus ; empyèmes, pustules et tuméfactions dévoraient ma chair. Il semblait que mon corps voulait se débarrasser lentement de lui-même.

Me Calvino força les barrages, y compris le plus épais, l'imbécillité opiniâtre et paperassière de Durand-Durand.

— Si vous me permettez de voir *Adam bis*, monsieur le conservateur, je vous promets d'obtenir de lui qu'il pose quelques heures le week-end.

Inquiet de voir ses recettes baisser, craignant de déclencher une enquête financière sur son établissement, Durand-Durand ne se ferma pas à une négociation. Il accorda à Me Calvino un droit de visite.

– Fiona va bien, dit Me Calvino en me rejoignant.

Je devenais émotif depuis que j'étais père car le récit minutieux des journées de Fiona me fit venir les larmes aux yeux. En revanche, je cachai à l'avocat la détérioration rapide de ma santé : rien ne devait inquiéter la future mère.

– Maintenant, mon garçon, nous devons travailler. L'audience va s'ouvrir. Fiona se porte partie plaignante. Elle accuse l'Etat de traitements inhumains sur votre personne. Quelle est notre tâche, à elle et à moi, au cours de ce procès ? Prouver que vous êtes un homme.

Il me regarda et se passa, dubitatif, la main sous le menton. Cela fit un bruit de râpe car, dès midi, Me Calvino commençait, là où il avait rasé le poil, à devenir bleu.

– Pour le physique, c'est un peu difficile.

— Oubliez les apparences et écoutez-moi : je parle !

— Qu'est-ce qui ne parle pas aujourd'hui ? Les ordinateurs parlent ! Les machines parlent ! Toute la technologie bavarde !

— Oui mais lorsque je parle, moi, j'exprime une conscience. Mes paroles renvoient à une âme, pas à un logiciel.

— Il faudra le prouver.

— Facile.

— Rien n'est plus difficile à prouver que l'existence d'une âme. C'est invisible. N'oubliez pas que la moitié des psychologues, des médecins et des scientifiques prétendent même que ça n'existe pas.

— Je parle en être fait de chair et de sang.

— Certes, c'est un point. Cela n'empêchera pas la défense, c'est-à-dire l'Etat, de brandir des pièces écrites montrant que vous êtes bien une marchandise. Vous avez été l'objet de multiples transactions commerciales. Vous êtes officiellement répertorié comme un objet, pas comme un homme.

— C'est récent. Ça ne date que d'un an et demi.

— Qu'étiez-vous avant ?

Je racontai à Me Calvino mon origine, mon

complexe vis-à-vis de mes frères, mes tentatives de suicide, ma rencontre avec Zeus-Peter Lama suivie par le plan qui avait conduit à ma fausse mort et mon faux enterrement.

— C'est très embêtant, ça, s'exclama Me Calvino épouvanté. Non seulement on ne peut pas prouver que vous êtes un homme aujourd'hui, mais on ne peut pas prouver que vous en étiez un avant.

— Si.

— Non, puisque vous êtes mort. Officiellement mort. La personne dont vous vous réclamez est enterrée à six pieds sous terre.

— Il y a quand même une concordance de date entre ma disparition sous mon ancienne identité et mon apparition sous une nouvelle.

— Insuffisant. Nettement insuffisant. Vous me dites que vos parents ont reconnu votre cadavre à la morgue ?

— Oui. J'étais maquillé et endormi.

— L'argument s'effondre donc de lui-même. Primo, vos parents peuvent témoigner vous avoir vu décédé. Secundo, vous ne pouvez témoigner de rien puisque vous-même étiez endormi. On ne peut pas s'en servir.

— Alors confrontez-moi de nouveau à mes parents.

Il me considéra, arrêté par cette idée, l'envisageant sous ses différents angles.

— Comment vous reconnaîtraient-ils ?

— Les yeux. Mais surtout les souvenirs.

Mᵉ Calvino exigea que j'assiste, caché, à l'entretien qu'il aurait d'abord avec mes parents.

— Pourquoi ?

— Pour que vous maîtrisiez vos émotions.

— A quoi bon ? Je suis si heureux de les revoir, de leur apprendre que je suis toujours vivant.

— Très bien, nous connaissons vos dispositions. Mais vous, connaissez-vous les leurs ?

On installa un paravent dans le bureau que nous prêtait Durand-Durand. Je m'assis derrière et constatai que je pouvais voir la scène entre les panneaux. D'impatience, mon cœur battait trop vite et mon souffle était court. Gavé d'anti-inflammatoires et d'aspirine, j'avais devant moi deux heures durant lesquelles la fièvre me laisserait un répit.

Deux vieillards entrèrent. Un homme et une femme. Ils n'avaient qu'une ressemblance lointaine avec mes parents. La même coiffure avec des cheveux gris, plus ternes, plus longs, sans vitalité. Les mêmes yeux mais pas le même regard, il s'y était ajouté quelque chose de terne, de figé, de craintif et de las. Les mêmes corps mais plus petits, plus faibles, sans forces, dont chaque geste accentuait l'usure, dont chaque mouvement menaçait de briser l'édifice fragile. Que s'était-il passé ? Un an – un an et demi au plus – venait de s'écouler.

– Merci d'être venus, fit M\ᵉ Calvino en leur proposant des sièges.

– Je vous préviens que ma femme n'entend plus, fit mon père. Quoiqu'elle soit physiquement là, son esprit est ailleurs. Elle ne sent plus rien, ne dit plus rien, n'observe plus rien. Cependant si on l'éloigne de moi, elle se met à hurler.

– Que disent les médecins ?

– Qu'elle a trop souffert. Qu'elle a donc décidé de ne plus souffrir. Elle s'est absentée de notre monde.

Je considérai ma mère qui sembla normale le temps de s'asseoir et de se caler dans son fauteuil. Ensuite, elle se sépara de tout, le visage mort, les paupières ouvertes sur rien, la bouche béante sur son silence, loin de nous, indifférente, purement matérielle.

— Cher monsieur, dit M⁰ Calvino, je vous ai demandé de venir ici pour envisager avec vous l'hypothèse que votre plus jeune fils ne soit peut-être pas mort.

— C'est impossible. J'ai vu Tazio noyé. J'ai été obligé d'identifier son cadavre. Pauvre Tazio...

Mon prénom sonna comme une détonation en moi. Avec lui, c'était mon enfance, mon enfance heureuse, qui me revenait.

— Mmm... l'affaire est compliquée, voyez-vous. Vous allez sans doute avoir du mal à me croire mais ce que vous avez vu n'était peut-être qu'une mise en scène.

— Pardon ?

— On a voulu vous faire croire que Tazio était mort alors qu'il n'était qu'endormi.

— Endormi ? Par qui ? Pourquoi ?

M⁰ Calvino fit une pause. Il jouait l'assurance tandis que son esprit cherchait avec panique la présentation la moins choquante du passé.

— Votre fils voulait disparaître. Et d'une certaine manière, il a disparu. Enfin celui que vous avez connu. Celui-ci est mort sans que votre fils pour autant meure.

– Je ne comprends rien.

– Votre fils pourrait être vivant sous une autre identité.

– Et pourquoi aurait-il fait cela ? Et pourquoi ne nous l'aurait-il pas dit ?

Me Calvino marqua de nouveau un silence et l'occupa à ouvrir la fenêtre.

Mon père fixa le sol en secouant la tête.

– Je ne comprends rien.

Me Calvino se rassit, s'éclaircit la gorge et tenta une autre approche.

– A votre avis, pourquoi votre fils a-t-il commis des tentatives de suicide ?

– Je l'ignore. C'était le petit garçon le plus gai et le plus vif que j'ai jamais connu. Un vrai soleil dans la maison. Puis, soudain, à l'adolescence, il s'est éteint, il s'est renfrogné, il s'est fermé sur lui-même. Nous avons essayé de lui parler. En vain. Si on lui tendait la main, il la mordait. Si on lui posait une question, il s'enfuyait. Nous nous sommes dit que c'était la puberté... Cela nous faisait souffrir de le voir si seul et si malheureux, mais nous avions pris le parti, ma femme et moi, d'attendre qu'il nous parle.

– Etait-il laid ?

– Tazio, laid ? Non. Pas du tout. Il n'avait pas

241

le même physique que ses frères aînés. Dire qu'il était laid, non !

— Se croyait-il laid ?

— C'est possible. A l'adolescence, même quand on est beau, on se croit laid.

— Peut-être souffrait-il de ne pas attirer l'attention sur lui ?

— Par rapport à ses deux frères, sûrement. C'est pourquoi nous étions beaucoup plus tendres avec lui qu'avec eux. Sans nous forcer. Enzo et Rienzi ont toujours été très beaux mais aussi très secs de caractère. Je ne souhaite à personne d'avoir des enfants comme eux, égoïstes, ingrats, dépourvus de sensibilité. Tazio, lui, était notre plus grande joie.

Bouleversé, j'avais envie de pousser le paravent pour prendre mon père dans mes bras. Comme s'il le devinait, M⁰ Calvino se déplaça et vint s'interposer entre moi, les panneaux et mon père.

— Quels sont vos rapports actuels avec votre fils, Rienzi ?

— Aucun rapport. Dès qu'ils ont été connus, Enzo et Rienzi ont cessé de nous fréquenter, ma femme, Tazio et moi, comme si nous n'étions plus assez bien pour eux et leur nouveau milieu. Mon épouse continuait néanmoins à s'inquiéter pour eux, elle n'admettait pas qu'ils tombent dans la drogue, qu'ils deviennent dépendants d'escrocs et de poudre blanche. Ils ne prenaient même plus leur mère au téléphone, ils prétendaient ne pas la voir dans des soirées publiques. Et puis, il y a eu ce jour...

Mon père hésita. Il regarda ma mère comme pour lui demander la permission de poursuivre. Elle ne remarqua même pas son attention ; il continua donc.

– Ce jour où nous avons appris que notre Tazio s'était jeté d'une falaise... nous étions dévastés. Vous ne pouvez pas vous imaginer cette douleur, monsieur, qui renvoie au néant vingt ans de soins, de craintes et d'amour... A quoi bon ? Pourquoi s'être tant inquiété aux premiers cris, aux premières dents, aux premières croûtes ? Pourquoi l'avoir tenu en équilibre sur son vélo ? Pourquoi avoir tremblé lorsqu'il ne rentrait pas à l'heure de l'école ? Pourquoi avoir rêvé pour lui ? Pour rien. Or il y a pire. Le chagrin s'empoisse de culpabilité. Qu'est-ce qu'on a fait ? Qu'est-ce qu'on n'a pas fait ? Comment se supporter dans la glace lorsqu'on y voit les parents d'un enfant suicidé ?

Je souhaitais jaillir de ma cache, crier à mon père que c'était par égoïsme et stupidité que j'avais voulu me tuer, non parce qu'ils s'étaient

montrés de mauvais parents. Me Calvino, ancré
sur ses jambes écartées, solide, trapu, me barrait
le passage.

— Nous étions si anéantis que, lorsque les
jumeaux ont débarqué pour organiser les obsè-
ques avec leur imprésario, leur attaché de presse
et leurs publicitaires, nous n'avons pas eu la présence d'esprit de nous y opposer. Il y a donc eu
cet enterrement ridicule, où l'on avait substitué
une photo d'un des jumeaux à la photo de Tazio,
où s'est créée la légende de l'ange foudroyé.
Quelle mascarade ! Ma femme a eu tellement
honte qu'elle s'est murée dans le silence. Moi, je
ne l'ai pas rejointe mais je fais aussi semblant de
vivre. Alors vous comprenez, monsieur, si l'on
venait nous apprendre que Tazio a joué sa mort,
qu'il est vivant sans nous l'avoir dit, je préfèrerais
presque ne pas le savoir. Si c'est un drame de
perdre un enfant, c'est une trahison de faire
croire qu'on est mort à ceux qui vous aiment.
Certaines morts sont plus faciles à supporter que
certains mensonges. Le suicide, c'est un fait
qu'on peut encore accepter car chacun a su, ne
serait-ce qu'une seconde, ce qu'était le désespoir.
En revanche, un faux trépas, une duperie, l'idée
que mon fils vive en me faisant croire que... s'il

avait fait ça !... non, je ne peux pas le supporter.
Je ne lui ai pas reproché sa mort, jamais, j'en ai
souffert, je ne la lui ai pas reprochée ! Par contre,
s'il apparaissait vivant en face de moi, je lui
reprocherais sa vie ! On ne peut pas se montrer
si cruel. C'est impossible ! Pas Tazio. Néanmoins, je vous écoute.

A cet instant-là, j'aurais voulu être dans le
cercueil où j'étais censé me trouver. J'apercevais
à quel point mon égoïsme m'avait poussé à des
attitudes extrêmes dans le passé, sans aucun souci
des êtres qui m'aimaient et que j'aimais. Car
j'aimais mon père, j'aimais ma mère, je les avais
toujours aimés et je n'avais pas cessé de les aimer,
même si ma douleur et mon mal de vivre, à vingt
ans, avaient étouffé mes autres sentiments.

Me Calvino revint au bureau et posa les paumes à plat sur le bois pour trouver le calme et la
solennité nécessaires au moment.

– Je comprends très bien, cher monsieur, votre
point de vue. Je dois cependant vous présenter
quelqu'un qui se prétend votre fils.

Je sortis subrepticement du paravent et fit
semblant d'arriver par la porte.

Mon père se retourna.

— Vous plaisantez ? dit-il après quelques secondes.

Je restai les yeux collés au sol. Je ne voulais pas qu'il reconnaisse mon regard.

— Non. Je ne plaisante pas, dit Me Calvino, Adam prétend être Tazio Firelli. N'est-ce pas, Adam ?

Je grommelai quelque chose d'incompréhensible en camouflant ma voix.

Mon père s'approcha et me considéra sans pitié.

— Pourquoi dites-vous ça ? Pourquoi dites-vous que vous êtes Tazio ? Hein ? Pourquoi nous faites-vous ça ?

— Me suis trompé, dis-je en zozotant et en prenant des poses de débile mental.

Me Calvino me toisa sévèrement et dit avec autorité :

— Adam va vous raconter des souvenirs d'enfance.

— Me suis trompé.

— En êtes-vous sûr ?

— Me suis trompé...

— Vraiment ? Définitivement trompé ? Trompé sans recours ? Trompé pour toujours ?

— Me suis trompé, redis-je, piteux.

246

– Evidemment, il s'est trompé ! s'exclama mon père avec fureur. Viens, ma chérie, nous partons.

Il aida ma mère à se relever. Elle ne semblait redevenir normale que lors de ses mouvements. Docile comme une petite fille, elle prit son bras, lui sourit, se releva. Puis le bleu de son iris passa sur nous sans nous voir et ils sortirent.

Je m'effondrai sur un siège. Des sanglots me secouèrent en rafales, pas de ces sanglots humides qui expulsent le chagrin dans leurs flots, mais des spasmes durs, arides, qui déchiraient ma poitrine en me laissant les paupières brûlantes et sèches, des sanglots qui sont autant de coups de poignards qu'on se donne parce qu'on voudrait en finir.

Me Calvino posa sa main sur mon épaule.

– Je vous comprends, mon garçon.

– Je suis un monstre. Pas seulement un monstre physique, un monstre psychique.

– Il faut sans doute l'être un peu de l'intérieur pour l'être à l'extérieur. Cependant vous avez eu raison de nier. Même si cela ne nous arrange pas du tout pour notre procès... Qu'allons-nous faire ?

Une brûlure me déchira alors l'entrejambe. Je ne pus retenir un cri.

– Que se passe-t-il, mon ami ?

247

Impuissant, je sentis quelque chose descendre le long de ma cuisse. Puis l'objet atteignit le sol et roula sur le plancher.

— Qu'est-ce que c'est ? cria Calvino avec angoisse.

Je ramassai une forme métallique et la portai sous mes yeux.

— C'est moi. Enfin, une partie de moi.

L'avocat s'approcha et contempla l'étrange cylindre poissé de sang.

— D'où cela vient-il ?

— Mon sonomégaphore.

Il ouvrait des yeux interloqués. J'arrachai mes vêtements et je lui montrai le chantier qu'était devenu mon corps. Il détourna les yeux.

— Je me décompose, maître, je suis en train de pourrir. Mes cicatrices s'ouvrent et mes prothèses se détachent. J'ai quarante de fièvre en permanence. Je me consume. Je serai bientôt mort.

Calvino ouvrit la fenêtre pour inspirer un peu d'air neuf avant de me répondre :

— Vous êtes simplement en train de rejeter vos greffes. Vous refusez tout ce que Zeus a introduit en vous. C'est un signe de bonne santé. Vous ne mourez pas, vous résistez.

Je savais qu'il avait raison.

— J'espère que je pourrai résister jusqu'au procès. L'infection se propage.

— Nous allons vous soigner. Vous devez entrer à l'hôpital.

— Une nouvelle prison ? Non, merci. Cela ne pourrait que retarder le procès et inquiéter Fiona. D'autant que j'imagine que Zeus-Peter Lama en profiterait pour me donner la piqûre fatale qui lui permettrait de me sceller les lèvres et de m'empailler.

Je me rhabillai avec difficulté.

— De plus, aucun chirurgien n'aurait pour l'instant le droit de m'opérer. Il faudrait que nous gagnions le procès pour cela.

— C'est vrai, dit Calvino en baissant la tête.

Je fis disparaître les croûtes et le pus du plancher puis dissimulai le sonomégaphone dans ma poche.

— Vous n'avez rien vu. Je ne suis pas malade. Je tâcherai de tenir jusqu'à l'audience.

Mon procès approchait.

Les quelques heures durant lesquelles j'acceptais de poser le week-end me coûtaient chaque fois davantage. Grâce à la complicité de Me Calvino qui me fournissait le talc et le fond de teint, je parvenais à maquiller mes plaies et mes infections. Quant aux frissons, je ne les contrôlais pas toujours, mais personne ne s'en émût.

Les premières fois, Fiona s'était glissée dans la salle et m'avait regardé, de loin, muette, le dos appuyé contre un mur, une main contre son ventre, incapable d'avancer plus près, impuissante à franchir les quelques mètres qui nous séparaient. Moi aussi, cela excédait mes forces. Ce qui construisait une muraille entre nous, c'était cette situation, moi objet, elle sujet, ces hommes en armes, répartis aux issues, ces spectateurs distraits ou ébahis, ces guides expliquant de façon mécanique mon importance exceptionnelle dans l'histoire de l'art contemporain, toute cette circulation habituelle de musée qui renvoyait à une nuit obscure, cachée, lointaine et interdite, les moments d'intimité où nous nous étions aimés et où nous avions conçu notre enfant. Un parloir de prison devait assurer un meilleur contact que ces quelques mètres de parquets vides qui nous tenaient à distance. Fiona était cependant suffisamment proche pour que j'aperçoive ses larmes au bord des paupières. Vit-elle les miennes ? Après trois visites sans que nous ayons pu échanger un seul mot, elle mit fin elle-même à ce supplice. Tant mieux. Je ne doutais pas qu'elle, si elle s'était approchée, eût découvert mon état.

J'étais si désireux de me battre pour conquérir ma liberté que je devenais inquiet. Mon angoisse s'ajoutant aux inflammations, la fièvre ne me quittait plus. Pendant mes repos, enfermé dans ma cellule, j'appréhendais les moindres bruits comme l'irruption de Zeus-Peter Lama et du Dr Fichet. Ils étaient ma hantise. Sitôt qu'ils avaient appris que je pouvais parler, ils avaient dû préparer un plan destiné à me museler.

Ce que je redoutais finit par arriver. Je me réveillai un matin devant Zeus-Peter Lama qui me souriait de toutes ses dents serties. Je poussai un cri d'effroi.

— Eh bien, mon jeune ami, voilà votre grati-tude, voilà le sentiment par lequel vous remerciez votre créateur ? Ttt... ttt... Je me vexerais si je n'étais pas au-dessus de tout.

Aussitôt, je me demandai pourquoi il usait de ce ton mondain avec moi. J'en aperçus la cause derrière son épaule : Durand-Durand, le conser-vateur.

— Monsieur Durand-Durand, m'écriai-je, je ne veux aucune visite.

251

— Je ne peux pas empêcher un artiste de voir son ouvrage, fût-il à l'atelier de restauration. Article dix-huit du Règlement des Musées nationaux, alinéa deux.

Je me renfonçai dans mon oreiller. Triomphant, Zeus-Peter Lama se lécha les babines en me fixant de ses yeux injectés de sang. Il posait sur moi le regard du loup sur l'agneau juste une seconde avant qu'il ne lui brise le cou et ne le dévore.

— Merci, cher ami, vous pouvez maintenant retourner à vos précieuses occupations, lança Zeus-Peter Lama d'une voix traînante et snob, sans rapport avec la cruauté de ses traits.

— Impossible, monsieur Lama.

— Pardon ?

— Toujours l'article dix-huit du Règlement des Musées nationaux, l'alinéa trois cette fois-ci : « L'artiste ne pourra pas rester seul avec son ouvrage pour prévenir le cas où, pris de remords ou d'impulsion créatrice, il tenterait de l'endommager, le détruire ou le modifier. »

Durand-Durand acheva son exercice de mémoire avec une satisfaction d'élève studieux et j'eus presque envie de les embrasser, lui et son rigorisme.

— Vous plaisantez, j'imagine ? siffla Zeus entre ses dents.

— Jamais avec le règlement, monsieur Lama.

Zeus se redressa comme s'il allait frapper le conservateur puis se ressaisit dans un mouvement gracieux, fit pivoter une chaise et s'assit face à moi.

Il se pencha et me souffla dans l'oreille :

— Comment se fait-il que tu parles, petit serpent ?

— Fichet s'est foutu de vous, répondis-je en murmurant. Il ne connaît rien au cerveau. Et moi je vous ai convaincu qu'il avait réussi.

— Qu'as-tu l'intention de raconter au procès ?

— Ce qui me permettra de retrouver ma liberté.

— Je suis puissant, tu sais, et respecté. Et l'Etat est puissant aussi, et respecté.

— Je le sais.

— Tu n'as aucune chance.

— Alors pourquoi êtes-vous si inquiet ?

Agacé, il se repoussa au fond de sa chaise et s'occupa quelques instants à lisser sa moustache. Il finit par lâcher en se penchant vers moi :

— Les sculptures vivantes se vendent très bien. Toutes les beautés ont été opérées. La plupart sont déjà placées. J'ai des listes d'attente pour celles qui cicatrisent.

— Et alors ?

— Je ne veux pas que tu mettes du désordre dans cette réussite. Les gens doivent avoir confiance dans ce qu'ils achètent.

— Vous ne les avez pas lobotomisées, les beautés ?

— Si. Par un collègue de Fichet qui, lui, perdait aux courses.

— Alors que craignez-vous ?

Il alluma deux cigarettes, les agita pour s'entourer de fumée bleue. Puis je sentis son souffle chaud et menaçant dans mon cou, ses lèvres contre mes lobes d'oreilles.

— Tu transpires étrangement. Que se passe-t-il ? Serais-tu malade ?

— Je vais très bien. C'est simplement le désagrément de vous voir.

— Parce que si tu ne te sens pas bien, je peux faire venir le docteur Fichet, sais-tu ?

— Malheureusement pour vous, je me sens en pleine forme.

Je maintenais les couvertures sur moi, prêt à résister s'il lui prenait la fantaisie de m'examiner. Heureusement, il revint au motif de sa venue.

– Tu n'as pas intérêt à tout dire, lors de ton procès.

– Vous non plus n'y avez pas intérêt.

Il eut un rire grêle et fade où perçait l'anxiété.

– De quoi aurais-je peur ?

– Que je parle d'un pseudo-enlèvement destiné à augmenter mon prix.

– Chut !

– Ou bien des erreurs du Dr Fichet qui ne trépane pas ses victimes avec assez de précision.

Il posa ses doigts sur ma bouche pour m'empêcher de continuer.

– Négocions, veux-tu ? Tu oublies cela et moi j'oublie...

– Quoi ? Je me demande bien de quoi je pourrais avoir honte ? En dehors de vous avoir fait confiance.

– Tes parents seraient-ils heureux d'apprendre que tu leur as fait croire à ta mort ? Que tu as joué cette comédie de très mauvais goût, te maquiller en noyé ? Une farce que tu n'as jamais démentie ?

– Mmm. Mmm... mmm...

Il ne retira sa main que lorsque je lui eus fait signe que j'acceptais. Il jeta ses cigarettes au sol, les écrasa et se dirigea, désinvolte, vers Durand-

Durand qui n'avait pas pu capter notre conversation.

— Je vous félicite, monsieur le conservateur, vous maintenez les œuvres dont vous avez la charge dans un parfait état. Je parlerai de vous au ministre. Si, si. Vraiment.

Zeus sortit, laissant Durand-Durand dans une pâmoison d'optimisme carriériste.

Le soir, je reçus la visite de M⁰ Calvino à qui je racontai la scène.

En m'écoutant, il se gratta la nuque tout en exécutant d'horribles grimaces.

— Je suis très pessimiste, conclut-il. Mon dessein est d'arriver à montrer que vous n'êtes pas une propriété de l'Etat mais un fonctionnaire au service de l'Etat. Je bataillerai pour obtenir un changement de votre statut juridique. Si j'y parviens, vous n'aurez plus qu'à poser quelques heures par jour au Musée national, moyennant salaire. Cela vous conviendrait-il ?

— Quoi ? Je ne pourrais jamais redevenir libre ?

— Vous serez libre comme un fonctionnaire.

— Libre de faire ce que je veux de moi, de mon corps, libre de me changer, d'annuler mes opérations, de redevenir...

— Malheureux ! N'évoquez même pas ça !

Vous avez coûté dix millions à l'Etat. Vous avez atteint un point de non-retour. On vous opérera mais pas pour vous changer, juste pour vous réparer.

— Me sera-t-il donc impossible de quitter cette apparence ?

— Quoi qu'il arrive, il est trop tard pour effacer en vous la marque de Zeus.

L'audience s'ouvrit un lundi matin à neuf heures.

Le juge était un énorme chauve aux larges joues molles, la tête en forme d'outre, comme si le haut du crâne avait dégouliné dans ses joues. Il évoquait un poisson, de ces gros poissons trapus qu'on trouve sur le marché, des yeux ronds, pas de bouche, une face d'un gris éteint, une immobilité de cadavre, une perruque dont les crans formaient des rangs d'écailles. Des bras pas plus longs que des nageoires sortaient des plis de sa robe. La peau truitée de ses petites mains semblait gonflée d'eau. Il répondait au nom de juge Alpha et l'on s'étonnait presque d'entendre une voix timbrée, claire et précise, sortir de cette placide masse. Je tremblai en songeant que c'était cet être qui devait décider de mon humanité.

Il régnait une chaleur d'étuve. Les femmes s'éventaient et les hommes s'épongeaient le front. Je m'en réjouis car ma sueur de malade ne se remarquerait pas. Je m'étais aspergé d'eau de Cologne pour masquer mon odeur de pourriture. Je baissai mes paupières charbonnées par la fièvre pour éviter qu'on remarquât le rhizome sanguin qui marbrait ma cornée et il ne me restait qu'à contrôler les grimaces de mon visage si mes plaies m'envoyaient des douleurs fulgurantes.

M° Calvino, l'avocat de la partie demanderesse et le commissaire Léviathan, qui représentait l'Etat, se serrèrent la main avant le procès comme deux joueurs de tennis au-dessus du filet. Tel l'arbitre au sifflet, le juge Alpha donna un coup de marteau, résuma les règles et le match commença.

Mon avocat me décrivit comme un individu à la dérive, frappé d'amnésie, qui avait accepté, en rencontrant Zeus-Peter Lama, de se prêter à une expérience dont il n'avait pas mesuré les conséquences. Devais-je payer jusqu'à la fin de mes jours ce moment d'égarement ? Pouvait-on perdre son humanité même si l'on abdiquait par écrit de sa liberté et si l'on se remettait entre les doigts d'un artiste ? Non, l'humanité était un bien inaliénable dont on ne pouvait se dessaisir ni être dessaisi.

Il fit comparaître Fiona en tant que plaignante. Lorsqu'elle se présenta, je me redressai, je tentai de maîtriser les tremblements dus à la fièvre qui reprenait. Elle évoqua avec pudeur notre histoire d'amour et souligna mon désir d'assumer mes responsabilités de père. Le commissaire Léviathan, rapporteur au gouvernement, bondit sur elle.

— Avez-vous l'habitude de tripoter les œuvres d'art ?

— Pardon ?

— Puisque vous êtes fille de peintre d'après ce que je comprends, avez-vous l'habitude de manipuler les toiles ?

— Oui.

— C'est-à-dire ?

— Je les porte, je les range, je les nettoie, je les vernis, je les encadre. Que sais-je encore ?

— Vous sentez-vous tous les droits sur une œuvre d'art ?

— Je n'ai aucun droit sur une œuvre d'art. En revanche, j'ai le devoir de la respecter.

— Est-ce respecter une œuvre que de coucher, nue, avec elle ?

— Adam n'est pas une œuvre d'art.

Dans le public, Zeus-Peter Lama jaillit de son siège.

— C'est un scandale ! Je proteste !

D'un coup de marteau, le juge Alpha imposa le silence. Fiona reprit :

— Adam est un homme. Et il voulait autant que moi ce qui est arrivé.

— Avez-vous songé, mademoiselle qui nous intentez ce procès, que nous pourrions, nous, vous accuser d'endommager le patrimoine de l'Etat ? D'agir en vraie vandale ?

— Si vous me prouvez qu'Adam n'est qu'un objet, enfermez-moi

— Nous ne disons pas qu'il est un objet mais une œuvre d'art.

— Ah oui ?

Cette fois-ci, c'est Durand-Durand qui bondit de son siège.

— A dix millions, si ce n'est pas du patrimoine. qu'est-ce ? Je rêve !

Avec son marteau, le juge Alpha tapa de nou-veau sur les bruits et le silence revint

Me Calvino convoqua ensuite Carlos Hannibal et l'aida à venir à la barre.

Hannibal avait pris une canne afin de, par un fort boitillement, détourner l'attention de ses yeux aveugles sur sa hanche en faisant croire qu'un blocage l'empêchait de se déplacer.

Je remarquai que Zeus-Peter Lama l'observait de ses prunelles d'aigle aux éclats sombres.

– Que pouvez-vous nous dire sur Adam ?

– C'est un garçon délicieux, très féru de peinture, avec un jugement remarquable quoique assez ingénu. Il passait des heures à me regarder travailler.

– Que lui est-il arrivé ?

– Il est victime de notre époque. Ou plutôt du discours que notre époque tient sur elle-même. On nous dit que l'apparence est importante, on nous propose d'acheter des biens et des services qui changent ou améliorent notre apparence – vêtements, régimes, coiffures, accessoires, voitures, produits de beauté, produits de santé, produit de standing, voyages au soleil, opérations chirurgicales. Je suppose qu'Adam, comme tant d'autres, est tombé dans ce piège. Il a dû être très malheureux lorsqu'il s'est cherché là où il ne pouvait pas se trouver : dans les apparences. Puis il a dû être très heureux quand cet escroc lui a proposé une nouvelle et frappante apparence. Enfin, il a dû se rendre compte qu'il s'était engagé dans une impasse. Je l'ai rencontré à ce moment-là.

– Pourquoi appelez-vous Zeus-Peter Lama un escroc ?

– Parce qu'il y a un nom juste pour tout.

Le commissaire Léviathan, Zeus-Peter Lama et Durand-Durand se mirent à brailler ensemble des protestations qui allaient de l'insulte – Zeus-Peter Lama – au détournement de procès – Léviathan. Je profitai du brouhaha pour m'essuyer le visage et effacer les suppurations qui s'ouvraient sous mes oreilles.

Le juge Alpha écrasa les cris sous son marteau.

– Peu importe ce que je pense de Zeus-Peter Lama, reprit Hannibal. Même s'il était Michel-Ange, son génie ne justifierait pas qu'il mette un garçon à terre et le transforme en objet. Michel-Ange n'y aurait d'ailleurs pas songé. L'art est fait pour l'homme, par l'homme, mais l'art n'est certainement pas un homme. La signature de Zeus-Peter Lama à même la chair d'Adam a gâché sa vie. Ni vous, ni moi, ni l'Etat, nous ne devons nous rendre complices de cet abaissement. Libérez-le.

Zeus-Peter Lama se leva et cria :

— Dis, Hannibal, est-ce parce que j'ai les cheveux blancs que tu ne me reconnais pas ?

— Je te reconnais très bien, Zeus-Peter Lama, dit Hannibal en se tournant vers la voix, tes cheveux blancs ne changent rien à l'affaire.

Zeus-Peter Lama éclata de rire. Dénouant ses longs cheveux noir corbeau de son catogan, il prit l'assistance à témoin.

— Il est aveugle ! Carlos Hannibal nous donne des leçons de peinture et il est aveugle ! Il nous donne des leçons de morale et il nous ment !

Comprenant qu'il s'était fait piéger, Hannibal pâlit. Fiona se mordit le poing et Mᵉ Calvino s'interposa.

— Quel rapport avec notre procès ?

— M. Lama se borne à remarquer, dit le commissaire au gouvernement Léviathan, la qualité de vos témoins. Une vandale qui tombe en cloque entre les tubes d'huile et un père complaisant qui prétend barbouiller alors qu'il a perdu la vue.

— Et alors ? Beethoven était sourd, autant que je sache, riposta Mᵉ Calvino.

— J'ai vu très bien et très longtemps, dit Hannibal pour s'excuser d'une voix que la honte rendait chevrotante, c'est récent... et puis, de toute façon, je ne peins que l'invisible, vous savez.

— Quel est le prix auquel vous avez vendu votre dernière toile ?

— Je ne me rappelle pas... je vends peu... Combien ?... Pas cher... De quoi payer nos repas pendant trois semaines...

— Comment peut-on mettre sur le même plan un badigeonneur raté, provincial, non-voyant, avec Zeus-Peter Lama, célébré dans le monde entier, dont l'*Adam bis* s'est vendu jusqu'à trente millions ? conclut Léviathan. J'aimerais qu'on revienne à un peu de bon sens dans cette audience.

Le juge Alpha darda un regard vitreux et mauvais au rapporteur car il lui semblait que c'était lui qui aurait dû lancer cette réplique. Furieux, il hocha plusieurs fois sa tête qui s'enfonça dans son cou gras en transmettant des ondes d'agacement puis revint à l'accusation en demandant si elle avait d'autres témoins à produire.

Me Calvino ordonna à l'huissier d'appeler Rolanda.

Un frémissement d'admiration accompagna l'entrée de Rolanda, tel un sillage d'écume. Rolanda s'assit à la place des témoins, redressa le dos, cambra les reins, croisa les jambes et offrit au public son nouveau visage : *La Rolanda taurine*, dite aussi *La Déesse Vache*. Tous les journaux en

264

avaient parlé mais aucune photo n'avait encore été prise. Nous avions donc la primeur de découvrir sa nouvelle métamorphose : elle s'était fait greffer deux cornes sur le front, agrandir les yeux, épater les narines et portait sur sa poitrine opulente et nourricière un superbe collier en vieille corde des Alpes orné d'une cloche tyrolienne.

— Rolanda, merci de nous accorder l'honneur de cette visite, dit Me Calvino avec maintes courbettes obséquieuses. Pouvez-vous expliquer à la cour pourquoi vous intervenez en faveur d'Adam ?

— Parce que très fatigant.

— C'est-à-dire ?

— Très fatigant, être Rolanda. Surtout *Rolanda taurine*. Cornes gêner. Cloche lourde. *Rolanda expressionniste*, très fatigant aussi. Sept opérations. Peau très tirée. Ecchymoses. Plus fermer yeux nuit. Obligée alimenter avec paille. Manger soupe. Que soupe. Perdre dents. Très très fatigant être œuvre d'art. Mais Rolanda aimer public. Rolanda tout faire pour public.

— Vous voulez dire qu'*Adam bis* doit souffrir beaucoup ?

Elle me jeta un regard d'une demi-seconde.

— Beaucoup souffrance. Uriner comment ?

– Ce que vous voulez nous dire, Rolanda, c'est qu'on doit reconnaître que subir ces opérations puis poser dans les musées est un véritable travail ?

– Enorme travail. Rolanda épuisée.

– Et qu'un être humain doit être rémunéré pour son travail ?

– Rolanda chère mais pas tant.

– Et qu'il est scandaleux qu'Adam, comme vous, se donne cette immense peine pour rien, sans avoir droit à un salaire ?

– Rolanda avoir imprésario. Rolanda proposer imprésario Adam.

– Sans avoir droit à un salaire, mesdames et messieurs, ni à une vie privée ?

– Rolanda pas vie privée ! Pas temps. Tout donner public. Pas envie non plus. Cicatrisations. Amants trop conventionnels. Parfois pas reconnaître Rolanda. Rolanda femme totale. Pas trouver homme total. Adam vie privée ? Adam coucher ?

– Sa fiancée Fiona, ici présente, est enceinte de lui.

– Mais uriner comment ?

– Le ministère public remercie Rolanda de nous avoir comblés et honorés par sa présence et de nous avoir livré quelques secrets de sa philosophie.

Rolanda allait se relever quand Léviathan

l'arrêta et demanda, au nom du gouvernement, à l'interroger.

– Vous considérez-vous, chère madame, comme un objet ou comme une artiste ?

– Rolanda artiste. Corps matière.

– Si vous deviez vous comparer à quelqu'un, vous compareriez-vous plutôt à Zeus-Peter Lama, ce génie reconnu et apprécié par l'intégralité de la planète, ou bien à l'*Adam bis* ?

Rolanda hésita. Un tic lui souleva le sourcil droit, ce qui eut pour effet d'agiter dangereusement sa corne droite.

– Rolanda comme Zeus-Peter Lama.

– Donc vous ne vous considérez pas comme un objet ?

– Rolanda plusieurs objets. Donc pas objet. Rolanda fil d'Ariane de métamorphoses. Rolanda poésie totale.

A partir de là, sans que personne ne pût l'arrêter, Rolanda continua son discours en japonais. Nous apprîmes, par la suite, qu'elle nous gratifiait d'une conférence qu'elle avait enregistrée pour l'exposition de Tokyo ; or, sur le coup, personne n'en comprit rien et toutes les interventions de Léviathan, du juge Alpha et de Mᵉ Calvino pour la ramener à notre langue furent sans efficacité. On lui posait des questions qu'elle écoutait en hochant des cornes puis elle y répondait dans l'idiome du Soleil Levant. Prolixe. Enthousiaste. Intarissable.

On dut remercier dix fois *La Déesse Vache* avant qu'elle ne se décidât à quitter la salle sous les applaudissements, cueillant un baisemain de Zeus-Peter Lama au passage.

La défense exultait. Il semblait que le commissaire Léviathan avait retourné tous les témoins de la plaignante en faveur du gouvernement. Il allait désormais produire les siens.

Me Calvino s'épongea le front. Je me sentais si faible que je ne contrôlais plus mes frissons. J'entendais mes dents claquer les unes contre les autres comme s'il s'était agi de la mâchoire d'un étranger.

Le juge Alpha annonça qu'on ne ferait pas de mi-temps et que le match continuait.

– J'appelle Zeus-Peter Lama, clama Léviathan.

Zeus-Peter Lama s'ébroua, gonfla ses plumes et vint poser son profil aquilin auprès du juge. Conscient qu'il devait plaire, il déverrouilla ses lèvres et offrit, un instant, la vision de ses pierres précieuses à la cour.

– Racontez-nous votre rencontre avec Adam.

– J'ai rencontré Adam au bord d'une falaise, alors qu'il voulait se donner la mort. Je lui ai proposé une vie de rechange, pas une vie d'homme mais une vie d'objet.

– Que vous a-t-il répondu ?

– Qu'il n'en avait rien à faire. Il m'a suivi cependant et il m'a signé ensuite le papier que voici : « Je me donne entièrement à Zeus-Peter Lama qui fera de moi ce qu'il désire. Sa volonté se substitue à la mienne en ce qui me concerne. Avec toute la force et la volonté qui me restent, je décide librement de devenir sa complète propriété. MOI. »

– Pourquoi a-t-il signé MOI ?

– Parce qu'il ne savait plus qui il était.

– Comment considérez-vous ce papier ? Pourquoi vous semble-t-il important dans ce procès ?

– Il exprime les dernières volontés d'un mourant. Certains, à l'agonie, cèdent leurs corps à la science. Adam, lui, l'a cédé à l'art. Quelle différence ? C'est le même geste. C'est la même intention.

Me Calvino sortit de sa cache comme une marionnette à ressort.

– Cependant, si Adam a cédé son corps de son vivant, il n'est pas mort après.

– Certes. Quoique ce fut une manière de mourir à son ancienne personnalité, une façon de quitter sa vie précédente. Cette opération représentait au fond un suicide voulu et réfléchi.

– Un suicide qui l'a laissé vivant !

– Un suicide qui l'arrachait à sa condition d'homme et qui lui a permis de commencer une nouvelle existence sous la condition d'œuvre d'art.

– N'avez-vous éprouvé aucune gêne à vendre *Adam bis* ?

– J'ai toujours vécu de mon travail. J'ai donc toujours vendu mon travail.

– Vendre un homme, c'est pratiquer l'esclavage, non ?

– J'ai vendu le travail que j'avais opéré sur un homme qui, de son plein gré, avait cessé d'être un homme pour devenir un objet. Cela n'a aucun rapport avec l'esclavagisme. Vous connaissez des esclaves volontaires, vous ?

– Mais quand cet homme, aujourd'hui, proteste et change d'avis, que pensez-vous ?

– Je me dis qu'il a tort.

– Rien d'autre ?

– Que c'est dorénavant le problème de son nouveau propriétaire : l'Etat. De toute façon, comme je le dis toujours : sans moi, l'humanité ne serait pas ce qu'elle est.

Puis, sans demander s'il y avait d'autres questions, Zeus-Peter Lama se leva et quitta la salle. La cour en demeura médusée.

Le juge Alpha appela Léviathan près de lui pour exiger que l'artiste revînt demander la permission de partir mais, quand le commissaire l'eut convaincu qu'un après-midi ne suffirait pas à obtenir une exigence qui semblerait aberrante au grand génie, il abandonna de mauvaise grâce.

– Témoin suivant ! dit le juge Alpha en se vengeant sur son marteau.

Durand-Durand, frétillant, baveux, excité, vint témoigner de l'importance de sa tâche de conservateur, expliquant et réexpliquant avec volubilité qu'on ne pouvait autoriser qu'une pièce appartenant aux collections du Musée national sortît et menât sa propre vie ; elle devait être confiée à des mains expertes sous peine de dégradation rapide. Le juge Alpha le considéra, l'œil morne, avec ce regard du gros brochet repu pour le petit goujon.

Enfin, un grand juriste, membre du Conseil d'Etat, vint exposer son point de vue d'expert.

L'œuvre *Adam bis* avait été l'objet de deux ventes parfaitement légales, une première cession privée au milliardaire Stavros, une deuxième au Musée national dans le cadre d'une enchère publique, et l'on ne pouvait annuler ces transactions. D'autant que la dernière avait coûté beaucoup à l'ensemble des contribuables. Il parlait d'un ton détaché, sans apprêt, sans vigueur, sans chercher à nous intéresser, comme on récite une prière. Tout le monde s'assoupissait, sauf le juge Alpha, les yeux ronds, parce qu'il n'avait sans doute pas de paupières.

Mᵉ Calvino fit sursauter la salle en intervenant :

— Acheter un homme à un autre homme, n'est-ce pas, selon la loi, pratiquer l'esclavage ?

— L'*Adam bis* n'était pas présenté à cette vente comme un homme, il était décrit et numéroté comme une marchandise. Il appartenait à la succession Stavros.

— Soyons sérieux. Il s'agit d'un être humain.

— Certains êtres humains, dans le cadre de certains protocoles, se prêtent à des expériences qui les sortent des normes ordinaires. Je considère que le papier signé à Zeus-Peter Lama est un protocole de cet ordre.

— Aucun protocole n'abolit l'humanité.

— L'exception fait la règle, Me Calvino, vous le savez très bien. De surcroît, après les dix millions dépensés par la communauté publique, je trouve l'idée seule d'ouvrir un procès assez irresponsable. Mes collègues et moi n'arrivons d'ailleurs pas à saisir comment la plainte de cette jeune femme a pu même être reçue. Si, par extraordinaire, cette cour prenait une quelconque décision attentant au statut de l'œuvre *Adam bis*, l'Etat est d'ores et déjà décidé à dénoncer ce tribunal comme incompétent. Tenez-vous-le pour dit.

Le juge Alpha s'absorba dans l'observation d'une mouche qui tournait autour de lui, comme si son unique souci n'était plus que de la gober.

Me Calvino tenta de lutter.

— Je croyais que vous étiez venu témoigner, non menacer. On n'intimide pas un tribunal libre.

— Certes. Mais on peut lui rappeler l'heure s'il l'oublie.

L'inquiétante sommation avait jeté ses filets sur l'assemblée. Les nuques s'étaient raidies. Un silence embarrassé poissait l'air. Les regards se tournaient vers la fenêtre, simulant la distraction. Il semblait que chacun n'était plus là que pour attendre le bus.

Un délicat coup de marteau marqua le retour

à la normale. Le juge Alpha remercia le juriste et demanda à entendre les deux plaidoiries afin que la cour allât délibérer.

— C'est foutu, me glissa Me Calvino à l'oreille. La lâcheté va gagner. Je sais déjà qu'on ne m'écoutera pas.

Il pressa ses paupières au bout des doigts.

— Je suis désolé, Adam.

Je ne pouvais pas répondre. J'avais la cervelle morte. Rien ne changerait, j'en étais convaincu. Je passerais ce qui me restait à vivre dans la cellule de ce corps, au pénitencier du Musée. Mon enfant naîtrait et grandirait sans moi. Pour Fiona et lui, je deviendrais un souvenir. De toute façon, je sentais que ma peau se fendait de toutes parts, que les brûlures s'approfondissaient, que les prothèses s'infectaient et qu'une septicémie violente allait bientôt résoudre mes problèmes et me conduire dans une tombe.

Soudain la porte du fond s'ouvrit avec fracas et Fiona surgit, les cheveux plus roux que jamais, tenant Zeus-Peter Lama par le bras.

— Arrêtez tout ! M. Zeus-Peter Lama a une communication d'importance à faire. Un témoignage capital.

Elle avança dans l'allée, tirant plus qu'elle ne

guidait le peintre. Celui-ci, contraint, tête baissée, semblait marcher à reculons.

— Cette irruption est irrégulière, protesta le juge Alpha.

— Nous ne pouvons faire l'économie, dans un procès de cette importance, d'écouter une dernière fois le créateur de l'objet, gémit Me Calvino d'une voix hypocrite.

Le juge Alpha hésita puis invita l'artiste à rejoindre le siège des témoins.

Zeus-Peter Lama s'assit, me désigna et prononça sur un souffle :

— C'est un faux.

Tout le monde entendit, personne ne comprit. Aucune réaction ne vint. Zeus eut l'impression d'avoir tiré un coup pour rien.

— C'est un faux, répéta-t-il en me montrant. Ceci n'est pas mon œuvre, *Adam bis*, mais une imitation assez bien réussie.

Me Calvino jaillit de son siège comme l'oiseau hors de la cage.

— Qu'est-ce qui vous donne à penser cela ?

— C'est un soupçon que j'ai depuis tout à l'heure. Il faudrait bien sûr que je le vérifie.

— Avez-vous un moyen sûr d'authentifier votre travail ?

– J'ai une double signature. Un procédé secret qui me permet de reconnaître les copies.

– Pouvez-vous procéder à l'examen ? Ici ? Sur-le-champ ?

Zeus-Peter Lama se leva à contrecœur et s'approcha de moi. Le commissaire Léviathan l'arrêta.

– Allons, c'est ridicule ! Il n'y a qu'un seul *Adam bis*. Ce que nous avons sous les yeux ne peut pas être un faux.

– Laissez-moi vérifier.

– Allons, cher grand artiste, ne cédez pas à ces crises neurasthéniques qui fondent sur les génies. Personne au monde n'est capable d'imiter ce que vous créez. On ne peut pas copier un tel chef-d'œuvre.

Zeus hésita. Il était prêt à renoncer. Il allait repartir. Puis son regard croisa celui de Fiona et, docile, il revint vers moi.

– Je tatoue deux signatures sur chacune de mes sculptures vivantes, placées chacune à des endroits difficiles à déceler : l'aisselle droite et le pied gauche entre les deux derniers doigts. Si cet objet porte ces marques, il est le mien. Sinon...

Je crus défaillir. Connaissant déjà la réponse, je tâchai de me contrôler.

Mon cœur était soulevé d'une brusque cha-
made.

Zeus m'ausculta, découvrit les vésicules et les
suppurations autour des scarifications, me jeta
un œil surpris, n'en dit pas un mot, poursuivit
sa prétendue expertise en se bouchant le nez puis
retourna vers le tribunal.

— Monsieur le Juge, messieurs de la cour, ce
que vous avez devant vous n'est qu'un faux.

Léviathan s'accrocha à sa table et se mit à
tanguer en hurlant :

— C'est impossible ! Comment aurait-on substitué cette sculpture à l'autre ? Où est l'original ?

— Je l'ignore, répondit Zeus d'une voix usée.
En tout cas, je certifie que cette chose n'est pas
ma composition.

— Dix millions ! Dix millions pour un faux !
Vous rendez-vous compte de ce que vous dites ?

— L'Etat avait acheté le vrai. Je l'avais vérifié
lors de l'exposition à la salle des ventes. Maintenant je retrouve un faux. Je n'explique pas, je
constate. Ordonnez une enquête ! Faites votre
travail, que diable !

Zeus-Peter Lama se redressa dans sa colère. Il
redevint superbe pour insulter l'assemblée.

— Où est passée ma création ? Le produit de

mon génie ? Je vous confie quarante ans de ma vie et vous l'égarez comme une épingle ? Où est on ? A qui parle-t-on ? Où va l'argent du contribuable ? Rendez-moi mon œuvre ! Rendez-moi mon œuvre !

Il quitta la salle en claquant la porte. Le public le suivit en scandant ses paroles.

— Rendez-lui son œuvre ! Rendez-lui son œuvre !

Le commissaire au gouvernement Léviathan s'évanouit, Durand-Durand commença à boxer ses assistants, le juge Alpha saisit son marteau à deux nageoires pour achever de fendre son pupitre tandis que Fiona, dans son coin, mutine, m'adressait un clin d'œil.

— Débarrassez-moi le plancher de ça. Nous n'avons pas à nous encombrer d'une vulgaire imitation !

Les hommes de ménage me posèrent, tremblant comme une feuille, sur un carton dans le hangar à poubelles.

Fiona m'y attendait, un sac de vêtements à la main. Je me couvris puis nous nous embrassâmes longuement.

– Viens. Une ambulance nous attend dans la rue adjacente.

– Savais-tu que j'étais malade ?

– Oh, Adam, comment peux-tu croire que je ne l'avais pas remarqué, dès le premier jour, au musée ?

Appuyé sur elle, sans forces, je montai dans la voiture. Elle avait apporté mon portrait par Hannibal afin de guider le bistouri des chirurgiens en leur montrant à quoi je ressemblais avant de devenir de la chair à modeler.

Je ne pouvais pourtant pas me laisser aller à la tendresse des retrouvailles avant d'avoir reçu des explications.

– Fiona, comment as-tu donc fait ?

– Je me suis posé une question très simple : qui a-t-on mis dans le cercueil qu'ont suivi tes parents ? Je savais que tu avais servi, endormi et maquillé, à l'identification de la morgue. Mais ensuite ? N'y avait-il que des sacs de sable dans le sapin ? J'ai interrogé les employés des pompes funèbres et le commissaire de police qui m'ont tous confirmé qu'il y avait un cadavre avant que l'on ferme la boîte. Qui ? Qui était ton corps après la morgue ? Et qui était ton corps avant ? Car on avait bien repêché un noyé non loin de

279

la falaise. Je me suis alors souvenue d'un détail que tu m'avais donné. J'ai vérifié. J'ai trouvé. Je suis allée voir Zeus et il m'a suivie.

– Quoi ? Qu'as-tu découvert ?

– Zoltan, le chauffeur de Zeus-Peter Lama, n'est pas parti en vacances dans sa famille le jour de ton suicide. En tout cas, il n'y est jamais arrivé, faute d'avoir pris l'avion. Je l'ai contrôlé auprès des siens et à l'aéroport. Donc...

– Zeus a tué Zoltan ?

– Disons qu'il l'a poussé.

– Te l'a-t-il avoué ?

– Il n'a rien avoué mais il est devenu très coopératif. C'est lui qui a trouvé cette solution : te faire passer pour un faux.

– Et maintenant ?

– Il court après les beautés déjà transformées et vendues pour leur infliger les tatouages dont il a prétendu marquer ses sculptures au procès. Le commerce passe avant le scrupule chez Zeus-Peter Lama.

– Je suis donc libre ?

– Evidemment, puisque tu ne vaux plus rien.

Vingt ans se sont écoulés depuis les événements de ce récit.

Devant moi, la mer prend ses aises. Elle est claire, dolente. Elle fait la sieste sous l'astre brûlant de l'après-midi. Un air épais et chaud, comme mielleux de soleil, retient quiconque de bouger. Même les ombres, au sol, se font petites.

J'écris dans la mansarde de l'étroite maison où Fiona et moi, la première fois, nous avons fait l'amour. Nous l'appelons mon bureau parce que j'ai posé, face à la fenêtre, un pupitre branlant où je m'isole pour bleuir le papier, mais nous savons très bien que le meuble central de cette pièce reste ce lit exigu, ce lit de dépannage aux lattes distendues qu'on m'avait offert pour un soir et où Fiona et moi, malgré le confort supérieur de la couche conjugale, nous montons souvent pour nous enlacer en secret. Dix enfants sont sortis de ce grabat, dix beaux enfants sains et roux qui nous ont obligés à construire, collée à la cuisine, une annexe en planches où vient siffler le vent.

A cette heure, Fiona doit être dans l'avion qui la ramène de New York. Bêtement, je scrute le ciel. Elle me rejoindra tout à l'heure. Elle vient d'inaugurer la fondation consacrée à l'œuvre de Carlos Hannibal. Une consécration. Celui-ci nous a quittés dans son sommeil, il y a quelques années, avec autant de discrétion qu'il en avait mis à vivre. Depuis, sa cote s'est envolée, les jeunes peintres se sont réclamés de lui, les amateurs l'ont découvert, les critiques ont mesuré son importance et il apparaît aujourd'hui, dans l'histoire de l'art, comme l'artiste le plus intéressant de la période qu'il a traversée. « La gloire va mieux aux morts, me disait-il souvent, c'est un vêtement d'emprunt, elle rend les vivants ridicules. » Ce ridicule lui aura été épargné car il s'est éteint presque pauvre, riche de l'estime de quelques-uns, entouré par notre amour et notre confiance. Suis-je pour quelque chose dans sa découverte ? Il est présomptueux de le penser. Toujours est-il que j'ai passé des années à écrire

282

des articles sur lui, expliquer les émotions que me donnaient ses toiles, raconter comment il avait changé ma vie. Ça le faisait rire.

— Tu m'aimes trop, me disait-il.

— On n'aime jamais trop.

— Trop parce que tu m'aimes deux fois. Tu aimes ma peinture et tu m'aimes moi.

— Alors dites plutôt que je vous aime trois fois ; je vous aime, vous et votre peinture, puis j'aime aussi l'amour que j'ai pour vous.

Comment deux hommes aussi taiseux, aussi pudiques, aussi réservés qu'Hannibal et moi, pouvaient-ils se parler d'amour avec cette indécence ? C'est un secret qui est parti avec lui.

Un bois de chevron craque dans le ventre tiède du grenier.

Fiona sera auprès de moi dans quelques heures. Lors de ses absences, ma sensibilité s'exacerbe, je me rends compte que le temps passe, que la vie s'amenuise, que les enfants sont nombreux, bruyants, guettés par mille dangers, j'angoisse, je ne trouve pas le sommeil et vivre m'apparaît un fardeau. Pourtant je sais que tout rentrera dans l'ordre dès qu'elle franchira le seuil bleu de la maison.

Une seule exception. Ce matin. Nous avons

283

nagé, les enfants et moi, nus, jusqu'aux rochers du large. Mes rejetons m'entouraient, nous allongions nos corps dans une eau douce, tendre, tiède, émeraude, qui épousait nos gestes lents et j'eus soudain le sentiment d'être une maman poisson avec tous ses petits. J'étais à ma place, sur un point de l'univers, je servais à quelque chose et ma vie me semblait justifiée. De retour sur le sable, l'ordinaire a repris, il a fallu distribuer les serviettes, mettre de l'ordre, siffler les retardataires, donner quelques tapes ; cependant l'ordinaire s'était gorgé de sens. « Sans moi, l'humanité ne serait pas ce qu'elle est », répétait Zeus-Peter Lama. Ce matin, pour la première fois, j'avais l'impression d'avoir mon rôle, moi aussi. Des êtres avaient besoin de moi, des vivants comme des morts. Qu'ai-je d'irremplaçable ? Ça. Mes pensées. Mes soucis. Mes attachements. Mes amours.

Derrière moi, plus à l'intérieur des terres, l'Ombrilic a été détruit. Parfois, le vertige me saisit à penser que la somptueuse et ostentatoire demeure de Zeus n'est plus alors que notre misérable bâtisse en bois continue à abriter notre bonheur.

Zeus-Peter Lama, évidemment, n'a pas toléré

de mourir. Son duel avec sa seule rivale, la Nature, s'est poursuivi jusqu'au bout. Lorsqu'il a senti que l'âge l'affaiblissait, il n'a pas voulu se laisser dominer, il s'est allongé dans le congélateur où était couchée Donatella, sa dernière femme, en demandant que la science réveillât son génie lorsqu'elle en serait capable. Rien ne fut jamais naturel chez lui, pas plus la mort qu'autre chose.

Qu'est devenue cette boîte frigorifiée ? J'ai appris que les nouveaux propriétaires de la villa l'avaient gardée puis, les ventes se succédant de plus en plus vite jusqu'à la démolition, on a fini par perdre sa trace.

L'immense parc a été divisé et, à la place où s'élevait autrefois le palais orgueilleux, on a construit un long immeuble trapu de trois étages qui fait office d'asile psychiatrique. C'est là qu'ont été internées les beautés. Ou plutôt les ex-beautés car le scalpel de Fichet, aidé par l'imagination de Zeus, les avait toutes rendues extravagantes, singulières, monstrueuses. Leur carrière fut de courte durée. Comme la réputation de Zeus, elle ne survécut pas à sa disparition physique. Lorsque cet histrion de Zeus-Peter Lama ne fut plus là pour mobiliser l'attention des

médias, on réévalua sa production et l'on s'aperçut vite qu'elle se résumait à plus de bruit que
de talent. Quelques collectionneurs et marchands, alarmés par la fonte de leur capital, ten-
tèrent artificiellement de soutenir le marché mais
le temps emporta ces créations dans l'oubli avec
une insoupçonnable rapidité. Parfois une des ex-
beautés s'enfuit en hurlant du parc, déjouant les
sentinelles, et les nageurs s'effraient de voir apparaître sur la plage, folle, écumante, hagarde, en
chemise de nuit, une ogresse aux chairs torturées,
aux yeux vides et à la bouche sans mots, dont
plus aucun musée ne veut.

Qui sait aujourd'hui ce qu'a réalisé Zeus-Peter
Lama ? Qui connaît encore son nom ? Souvent,
en rédigeant ce récit, j'ai douté qu'un éditeur
s'intéresse même à mes mémoires. Seul le fait
que je sois le gendre d'Hannibal pourrait attirer
l'attention sur mon récit. Qu'importe ! J'écris
pour écrire, je livre mes confidences au tiroir,
quitte à ce qu'un de mes enfants découvre un
jour ces pages par hasard.

Le soleil, à longs rais, enfile les lames des per-
siennes. Lorsque la lumière touchera le pied du
lit, l'air se sera allégé, la langueur du soir mena-
cera la canicule, et je pourrai sortir. C'est à ce

moment-là, j'espère, que retentira la voix de Fiona : « Adam ? »

Fiona m'appelle toujours Adam, Tazio lui est venu trop tard.

« Je t'ai connu comme cela, je t'ai aimé comme cela, je ne te veux pas différent. Juste avec quelques rides de plus, et quelques cicatrices... »

Même si mon apparence n'est plus monstrueuse, je ne ressemble pas à un homme ordinaire. Je l'accepte. Mon corps raconte l'histoire de mes erreurs. Les tripatouillages de Fichet et de Zeus, leurs invasions profondes, leurs broches, leurs coupes, leurs renflements, leurs prothèses, leurs cicatrices, ces blessures m'ont donné ma deuxième naissance. Ma troisième naissance eut lieu sur la plage, devant le chevalet d'Hannibal, lorsque je découvris que l'univers était beau, plein, riche, si j'acceptais, moi, d'être médiocre, vide, pauvre. Hannibal fut mon père, pas seulement mon beau-père, car il sut, en un instant, me charger du désir de vivre en me donnant le sens de l'émerveillement.

– Adam ?

Est-ce que je rêve ou m'appelle-t-elle déjà ?

– Adam ?

Je dévale les escaliers et embrasse Fiona, droite et souple au-dessus de ses valises. Elle met son doigt sur ma bouche pour me rappeler de ne pas réveiller les enfants et me tire dehors par la main.

Nous marchons sur la plage.

A la pression de ses doigts, je comprends que l'ouverture de la fondation a été triomphale. Tout est dans l'ordre. Inutile d'en dire plus. Nous sommes devenus les parents d'Hannibal depuis qu'il est mort, nous nous en occupons bien.

La mer est à marée basse, la plage à sable haut. Le soir s'annonce au blondissement de la lumière.

Nous avançons vers la ligne invisible et mystérieuse où les nues et les eaux se confondent.

Nous sommes merveilleusement seuls.

Jeune, j'ai voulu que la beauté soit en moi, j'ai été malheureux. Maintenant, je sais qu'elle est partout autour de moi, je l'accepte.

Nous atteignons les confins, là où la mer, s'étant retirée, n'a laissé que des flaques inertes. Nous ne bougeons plus. Le soleil sur le front, l'air des grèves dans les poumons, la caresse du vent sur nos jambes, nous sommes imprégnés du monde, dilatés, à l'unisson. Le temps s'attarde.

Des mouettes crient, jaillies de l'horizon dans un fouettement d'ailes.

Tout à l'heure, nous emmènerons les enfants chez mes parents. Je ne leur ai jamais dit qui j'étais, mais je leur ai proposé, un jour, parce qu'ils jouaient souvent au parc avec les derniers-nés, de devenir des grands-parents adoptifs. Mon père a accepté avec joie et l'on voit parfois, dans les yeux gris et glauques de ma mère où ne flottait autrefois que de l'indifférence, des lueurs d'amusement. J'espère encore abolir le passé. Seul le présent compte.

Un bruissement frais au niveau de nos mollets nous réveille. La marée remonte. Le ciel se décolore.

Fiona et moi rentrons à la maison, lentement, en nous retournant pour vérifier les traces de nos pieds sur le sable et regarder la mer, éternelle, infatigable, effacer nos empreintes.

DU MÊME AUTEUR

Aux Éditions Albin Michel

Romans

LA SECTE DES ÉGOÏSTES, 1994.

L'ÉVANGILE SELON PILATE, 2000, Grand Prix des lectrices
de *Elle* 2001.

LA PART DE L'AUTRE, 2001.

Récits

MILAREPA, 1997.

MONSIEUR IBRAHIM ET LES FLEURS DU CORAN, 2001.

Essai

DIDEROT OU LA PHILOSOPHIE DE LA SÉDUCTION,
1997.

Théâtre

THÉÂTRE 1. La Nuit de Valognes, Le Visiteur (Molière 1994
du meilleur auteur, de la révélation théâtrale et du meilleur
spectacle), Le Bâillon, L'École du diable, 1999.

GOLDEN JOE, 1995.

VARIATIONS ÉNIGMATIQUES, 1996.

LE LIBERTIN, 1997.

FRÉDÉRICK OU LE BOULEVARD DU CRIME, 1998, prix
   de l'Académie Balzac 1998.

HÔTEL DES DEUX MONDES, 1999.

*Le prix du Théâtre de l'Académie française 2001 a été décerné
   à Eric-Emmanuel Schmitt pour l'ensemble de son œuvre.*

Site Internet : eric-emmanuel-schmitt.com

La composition de cet ouvrage
a été réalisée par I.G.S. Charente Photogravure,
à l'Isle-d'Espagnac,
l'impression et le brochage ont été effectués
sur presse Cameron dans les ateliers
de **Bussière Camedan Imprimeries**
à Saint-Amand-Montrond (Cher),
pour le compte des Éditions Albin Michel.

Achevé d'imprimer en juillet 2002
N° d'édition : 18318. N° d'impression : 023051/1.
Dépôt légal : août 2002.
Imprimé en France